MARVEL
GUARDIÕES DA GALÁXIA
REBELIÃO ESPACIAL

MARVEL
GUARDIÕES DA GALÁXIA
REBELIÃO ESPACIAL

PAT SHAND

São Paulo
2022

EXCELSIOR
BOOK ONE

Guardians of the Galaxy: Space Riot
© 2022 MARVEL. All rights reserved.

Copyright © 2022 by Book One
Todos os direitos de tradução reservados e protegidos pela Lei 9.610 de 19/02/1998. Nenhuma parte desta publicação, sem autorização prévia por escrito da editora, poderá ser reproduzida ou transmitida sejam quais forem os meios empregados: eletrônicos, mecânicos, fotográficos, gravação ou quaisquer outros.

Primeira edição Marvel Press: maio de 2017

EXCELSIOR — BOOK ONE
TRADUÇÃO LEONARDO ALVAREZ
PREPARAÇÃO BRUNO MÜLLER
REVISÃO TÁSSIA CARVALHO & SILVIA YUMI F. K.
ARTE E ADAPTAÇÃO DE CAPA FRANCINE C. SILVA
DIAGRAMAÇÃO: ALINE MARIA

Dados Internacionais de Catalogação na Publicação (CIP)
Angélica Ilacqua CRB-8/7057

S54g	Shand, Pat
	Guardiões da Galáxia: rebelião espacial / Pat Shand; tradução de Leonardo Alvarez. – São Paulo: Excelsior, 2022.
	272 p.
	ISBN 978-65-87435-41-1
	Título original: *Guardians of the Galaxy: Space Riot*
	1. Guardiões da Galáxia (Personagens fictícios) 2. Super-heróis 3. Ficção norte-americana I. Título II. Alvarez, Leonardo
21-3670	CDD 813.6

SIGA NAS REDES SOCIAIS:
- @editoraexcelsior
- @editoraexcelsior
- @edexcelsior
- @editoraexcelsior

editoraexcelsior.com.br

Para Amy,
cujo amor e força abasteceram esta nave.

CAPÍTULO UM

Um pit stop em Putriline
Senhor das Estrelas

— Certo, aqui vão as opções — disse Peter Quill, conhecido pelo universo como Senhor das Estrelas, tanto por amigos quanto por inimigos (mas principalmente por inimigos), enquanto estava diante de um batalhão de seres cinza-esverdeados trêmulos. As criaturas estavam agarradas a um trio de caixotes mais valiosos do que todos os bens que o planeta em que ele estava atracado tinha para oferecer. É verdade que aquele planeta, que aparecia no mapa do Senhor das Estrelas como "Putriline", mas que era pronunciado por seus nativos como algum tipo de som úmido que o fazia pensar em alguém banguela mastigando purê de batatas de forma ruidosa, não era exatamente conhecido por suas riquezas abundantes. Até onde o viajante espacial renegado — um epíteto que o Senhor das Estrelas precisava admitir que ninguém ainda tinha usado para se referir a ele — sabia, Putriline era pouco mais do que uma bola de musgo suspensa perto da borda do espaço mapeado. Sua única característica notável: era pontilhado com uma grande quantidade de crateras profundas, o que fazia o planeta parecer uma grande esponja.

Seja como for, aqueles seres cinza-esverdeados trêmulos tinham conseguido passar o Senhor das Estrelas e sua tripulação, os Guardiões da Galáxia, para trás. Os alienígenas tinham enganado a equipe, fazendo com que tivessem uma falsa sensação de segurança, separando-os e roubando os pacotes destinados à entrega. Quill precisava admitir que aquilo era um tanto engraçado, dado o nome da equipe. A Galáxia? Sim, eles protegeriam a galáxia. Um punhado de caixotes, no entanto, *era* uma tarefa bastante difícil.

Mas, quando pousaram, eles não esperavam um problema como aquele. Putriline era o último planeta antes da parte final da viagem, por isso o time parou para abastecer antes de seguir em frente. Os alienígenas gelatinosos tinham parecido bastante agradáveis, apesar de quão pouco do idioma gosmento deles os Guardiões eram capazes de compreender. Mas aquilo não era um problema para uma equipe que incluía uma árvore ambulante chamada Groot, que nunca realmente dominara esse negócio de falar, e Rocky, um guaxinim antropomórfico que mais xingava do que realmente falava. Depois que terminaram de reabastecer, entraram em uma taverna que, por mais que tivesse o cheiro do cesto de roupas sujas de Rocky, oferecia a cerveja mais forte que qualquer um deles já havia provado antes.

Acontece que havia um motivo para os putrilinianos não estarem bebendo com eles.

Quando o Senhor das Estrelas acordou no porão da taverna, suas mãos estavam atadas por uma bolha de gosma, seus amigos não estavam por perto e ele sentia o que parecia ser um grupo de pequenos martelos dando uma festa bastante agitada dentro do seu crânio. Ele conseguiu se libertar da gosma, que mesmo assim deixou uma camada de meleca em suas mãos, e correu para fora e através de um trecho de musgo bem a tempo de ver os putrilinianos tirando a carga de dentro da *Milano*, a bela nave do Senhor das Estrelas, nomeada por causa de uma bela atriz de televisão por quem ele tivera uma queda durante seus dias na Terra.

A vida do Senhor das Estrelas era incrível, mas ele não podia negar: sentia falta pra caramba da televisão.

Agora, enquanto preparava sua pose e olhar mais ameaçadores — uma manobra patenteada — o Senhor das Estrelas notou que todas suas armas haviam sido tomadas, com exceção de seu elmo de batalha, o que era uma benção, porque a atmosfera do planeta teria queimado seus pulmões no instante em que ele fosse removido. O elmo estava fechado, cobrindo todo o rosto do Senhor das Estrelas e escondendo seu olhar ameaçador sob dois círculos vermelhos brilhantes, que ele esperava que parecessem ameaçadores para os putrilinianos naquela noite escura e nebulosa.

— Opção um — disse, seu manto escarlate e gasto esvoaçando atrás dele por causa do vento. Por trás da máscara, ele se permitiu dar um breve sorriso: o manto esvoaçante era um ótimo detalhe, maneiro e dramático. — Vocês, suas pilhas de meleca, coloquem as caixas no chão com bastante cuidado e se afastem. Pra bem longe. Se pensarem que já se afastaram o bastante, se afastem mais. Continuem se afastando.

Os putrilinianos olharam para ele, alguns inclinando suas cabeças trêmulas, agarrando as caixas.

— Certo, imagino que vocês queiram ouvir as outras opções — disse o Senhor das Estrelas, dando um passo na direção das criaturas. — Tá certo. Opção dois! Digamos que vocês *não* abram mão das caixas. Vocês, por qualquer motivo, imaginam que podem usar o que tem dentro delas. Saquear a nave, pegar o que puderem e vender no mercado clandestino para alguém que consiga entender o que vocês falam. Aliás, boa sorte com isso, rapazes, mas vamos lidar com um problema de cada vez. Se vocês fizerem isso, eu vou ter um problema. E quando eu tenho um problema, fico ansioso. E quando eu fico ansioso, começo a atirar nas coisas. Principalmente em coisas que pareçam um bando de geloucos que levantaram e começaram a andar por aí.

Os putrilinianos inclinaram as cabeças em direção uns aos outros, fazendo o que quer que fosse – para os montes de gosma que eram, equivalia a se entreolharem. Depois de deliberarem entre si com um monte de ruídos úmidos, viraram-se de volta para o Senhor das Estrelas e seguraram as caixas com ainda mais força.

— Beleza — disse o Senhor das Estrelas, avançando novamente. Eles não recuaram. — Terceira opção. Vocês devem estar notando um padrão aqui. Nossas opções começaram com uma coisa bacana, foram pra uma coisa não tão bacana e agora... algum de vocês consegue imaginar pra onde estamos indo? Pra uma coisa legal de novo? Não. Estamos indo pra opção do tipo terra arrasada. Isso aí. A terceira opção é vocês resistirem. Porque seja como for, eu vou pegar minhas coisas de volta. Sou um cara materialista, vivendo num mundo materialista, seus gosmentos, e não vou sair daqui sem o meu material. Por isso, se eu começar a atirar e vocês não desistirem, as coisas vão ficar... as coisas vão ficar bem feias, rapazes. E isso se eu estiver *sozinho*. Porque não sei onde colocaram meus companheiros, mas quando eles se levantarem, vocês vão *desejar* que apenas o Senhor das Estrelas estivesse lhes dando uma coça. Porque nós somos os Guardiões da Galáxia. E ninguém mexe com a gente.

Os putrilinianos, todos de uma vez, começaram a se arrastar passando por ele, segurando as caixas com seus membros pegajosos e voltando à pequena cidade onde tinham envenenado os Guardiões. O Senhor das Estrelas, incrédulo, saltou do terreno verde esponjoso com suas botas a jato e pousou diante do grupo de alienígenas mais uma vez, bloqueando o caminho. Sem diminuir o passo, o grupo mudou de direção, passando a avançar pela esquerda dele, caminhando no terreno esponjoso em direção à taverna. O Senhor das Estrelas abriu os braços e falou, com a voz uma oitava mais aguda:

— Vamos lá, gente — disse ele —, vocês realmente querem tornar isso um problema? A noite passada foi incrível. Lembram? Quero dizer, menos a parte em que vocês doparam a gente, mas no fim das contas aqueles drinques estavam fantásticos. E vocês *não* tiraram meu elmo, então claramente não queriam que eu *morresse*... só queriam me roubar terrivelmente de forma que eu não pudesse ganhar o bastante e ir para o próximo planeta. Foi uma atitude bem babaca, mas acho que podemos superar. Certo?

Um dos putrilinianos avançou, o gel espesso de seu corpo tremulando a cada passo. A criatura se arrastou na direção do Senhor das Estrelas, até que ficou cara a massa-de-gosma-que-ele-imaginava-que-fosse-uma-cara. Ela falou lentamente, de propósito, anunciando cada palavra. Através da camada de muco que já tinha tornado difícil de entender antes, o Senhor das Estrelas conseguiu entender duas de três palavras:

— Vá — algum tipo de ruído grudento e, por fim, — lascar.

— Ah — disse o Senhor das Estrelas, assentindo. — Então é assim.

Ele moveu a perna e chutou o putriliniano no rosto ao mesmo tempo em que acionava o foguete de suas botas, disparando um jato de chamas no alienígena gelatinoso. A força do foguete o jogou para trás, mas ele virou a cabeça bem a tempo de ver a explosão de meleca onde a criatura estava momentos antes.

Quill deu um mortal e pousou, sem perder o ritmo enquanto caminhava de volta aos alienígenas, que agora conversavam alto em uma furiosa sequência de ruídos úmidos.

— Certo, como vocês podem ver, eu acabei de usar a terceira opção no boca suja aqui. Estão prontos para voltarmos à primeira opção? — perguntou ele, enquanto alongava os ombros e avançava na direção deles. — Eu pego minhas caixas, talvez dê um safanão bem-merecido nas suas cabeças, vocês me contam onde meus amigos estão e bum... sayonara.

Daquela vez, as criaturas gosmentas não o olharam de volta como se ele fosse um idiota. Daquela vez, elas começaram a levantar e abaixar, emitindo um arquejo estranho e agudo que aumentou e aumentou, até o Senhor das Estrelas começar a pensar que seu cérebro iria explodir. Era como se mil gatos, mil alarmes de carro e aqueles estalos de estática que costumava escutar quando tentava assistir a um canal de TV que não deveria ver quando criança se misturassem em uma terrível sinfonia.

Rangendo os dentes, o Senhor das Estrelas se preparou para usar a rajada de sua bota contra outro dos alienígenas para interromper o barulho, mas se lembrou de algo da noite anterior que se perdera na confusão causada pela bebida. Ele ouvira aquele som antes, ainda que uma versão bem mais baixa e menos parecida com garfos arranhando uma lousa. Groot, depois de beber a décima caneca da bebida púrpura daquele planeta, tinha desmaiado e caído com um estrondo, derrubando Rocky de sua cadeira. Enquanto ele e seus outros companheiros, Gamora e Drax, gargalhavam, o pequeno grupo de putrilinianos no bar juntou-se a eles, emitindo aquele arquejo estremecedor.

Era uma risada.

Agora, enquanto o Senhor das Estrelas os observava gargalhando, imaginava o que exatamente eles estariam achando hilário, mas não precisou esperar muito para descobrir. Um putriliniano do tamanho de um rato da Terra pulou sobre sua cabeça e começou a puxar a máscara de seu elmo. Quill tentou esmagá-lo, mas outras duas bolhas de gosma saltaram do chão e acertaram seu rosto como bofetes molhados.

— De onde essas melecas vieram? — perguntou ele, sentindo outro cutucão na nuca. Elas rastejavam pelo seu pescoço, cada uma delas tentando arrancar sua máscara. — Saiam! Vamos! O quê? Estão usando seus filhotes gosmentos para cometer um assassinato por vocês? Isso é muito sombrio, sério.

Enquanto arrancava as criaturas, cujos corpos grudavam em seu capacete com a consistência daquela geleca de brinquedo que sua mãe costumava comprar para ele durante o que, agora, parecia outra vida completamente diferente, Peter percebeu que aquelas criaturas não eram novos inimigos que se escondiam entre o grupo como ele imaginara. Elas vinham dos restos mortais do alienígena que tinha tostado. Não... elas *eram* o alienígena que ele tinha tostado, que agora estava despedaçado e tinha se transformado de uma enorme meleca desbocada em uma centena de melequinhas desbocadas.

Com desgosto e frustração crescentes, o Senhor das Estrelas bateu várias vezes em seu próprio rosto, a risada aguda de seus inimigos ficando tão alta que bloqueou o zumbido familiar da *Milano* decolando.

O vento soprou o manto do Senhor das Estrelas, dando início a uma ondulação tão dramática que envergonhava a anterior. Daquela vez, porém, ele estava coberto de minúsculos alienígenas e sendo o motivo da risada de seus inimigos, então a dramaticidade da capa foi anulada.

Mas a rajada de vento bastou para que o Senhor das Estrelas olhasse para o céu, onde viu algo que o fez sorrir dentro de sua máscara.

— Ei! — gritou Rocky, inclinando-se para fora da porta da *Milano*, que agora flutuava a seis metros do chão.

A *Milano* era uma nave gloriosa, elegante e em forma de V. Azul frio, laranja ardente e prata cintilante, a nave, do ponto de vista de Quill, era a coisa mais bonita nesta ou em qualquer outra galáxia… e o fato de ela ser capaz de deixar Putriline com duas vezes mais buracos não a prejudicava em nada. A nave iluminou a área imediata com uma luz azul potente que brilhava de suas asas em camadas e de dentro do convés de voo de vidro temperado. Estava no piloto automático, pairando acima deles enquanto Rocky caminhava por sua superfície apontando um canhão laser gigantesco, içado em seu ombro e apontado para baixo, na direção dos putrilinianos.

— Escutem aqui, seus montes de escória nojenta! — A voz de Rocky era mais áspera do que qualquer um poderia esperar ao conhecê-lo, o que, embora ele dissesse que era preconceituoso, fazia sentido quando se levava em consideração o fato de que ele era um guaxinim de pouco mais de um metro de altura. Seu armamento, no entanto, mais do que compensava sua presença física diminuta. — Vocês têm três opções! Opção um…

— Sem opções! — gritou o Senhor das Estrelas. — Eles não respondem bem às opções!

— Certo! Vocês ouviram o cara! — respondeu Rocky, mantendo o canhão apontado para os alienígenas, que ergueram os olhos para ele, morrendo de rir. — Coloquem a carga no chão, soltem a cabeça do meu amigo e eu não vou fritar vocês! Esse truque de multiplicação pode funcionar quando o Senhor das Estrelas queima vocês com as botinhas dele, mas eu estou pegando pesado, vocês entenderam?

— Sério, cara? Botinhas? Estou aqui desarmado! A manobra do chute foi sensacional! — Peter gritou de volta.

— Você é muito impressionante! — gritou Rocky. Ele puxou uma alavanca no canhão laser, que emitiu um guincho agudo, luz saindo de seu cano. — Última chance, seus baldes de gosma! Vocês querem chiar sobre algumas caixas que nem ao menos entendem, ou vão se comportar como um bando de melecas bacanas e devolver o que é meu?

— Não... temos... nada... aqui! — gritou um dos alienígenas, lutando para pronunciar cada palavra através de sua boca pegajosa. — Deixem... seus... bens... e ... saiam... vivos!

— Vocês não têm nada? — perguntou Rocky, incrédulo. — Você tá brincando comigo? Vocês têm cerveja, têm uma... taverna, alguns barracos. O que querem com as caixas?

— Nós... não... somos... idiotas! Sabemos... como... isso... é... valioso.

O Senhor das Estrelas olhou para Rocky:

— E aqui estamos.

— Sim — disse Rocky, sorrindo. — Esta é a minha resposta.

Logo que ouviu o estrondoso som do canhão laser, Quill foi atingido por uma onda quente de gosma. Enojado ao sentir a meleca chiando contra seu couro cabeludo descoberto, o Senhor das Estrelas limpou os últimos miniputrilinianos que restavam e bateu o pé no chão, acionando suas botas. Ele disparou através do campo de musgo fumegante enquanto Rocky liberava outra rajada.

Quill pegou uma das caixas, que estavam completamente cobertas de gosma, e a tirou do chão. Voando até a nave, ele a jogou lá dentro, torcendo para que a embalagem tivesse sido o bastante para proteger o conteúdo dos resíduos nocivos do que foram os Putrilinianos.

Antes de pousar, ele parou ao lado de Rocky, que ria como um louco enquanto lançava rajada atrás de rajada.

— E os outros? — perguntou Quill.

— Estão todos a bordo — respondeu Rocky, interrompendo a sequência de tiros temporariamente. — Os doidos pegajosos nos amarraram com alguma porcaria grudenta e nos espalharam por toda a cidade. Teria sido melhor se tivessem nos matado.

— Não acho que queriam nos machucar — disse Quill.

— Só mais uma coisa nisso tudo em que eles e eu não concordamos — disse Rocky, levantando o canhão.

— Ei, espere um minuto — disse Quill. — Quando vocês embarcaram? Estou lidando com esses caras há, tipo, uns dez minutos!

— Sim, nós assistimos — respondeu Rocky, rindo. — Gamora disse que achava que você tinha tudo sob controle, mas achei melhor intervir. Mas foi divertido de ver, por um tempo.

— Você é hilário — disse o Senhor das Estrelas. — De verdade.

— Foi muito bom! — exclamou Rocky, com os olhos brilhando enquanto dava outro tiro.

— Cuidado com as outras caixas! Se você acertar nelas, estamos ferrados — disse Quill, enquanto voava para fora da nave. — Já volto com elas.

— Leve o tempo que precisar — retrucou Rocky. — Isso aqui está um estouro. RÁ! Um estouro!

— Você repete esta mesma frase toda vez que usa esse canhão — observou Quill, olhando para as duas caixas restantes. Elas estavam no chão, perto do que pareciam ser milhares de minúsculos putrilinianos, todos eles muito pequenos para conseguir erguer uma delas. Rindo, ele desceu e as carregou, uma de cada vez, de volta para a nave.

— Espere — disse ele, impedindo Rocky de fechar a escotilha. A meleca que revestia suas botas estava começando a se reconstituir em pequenos putrilinianos que gritavam em uma cacofonia aguda e úmida. — Vão — disse o Senhor das Estrelas, limpando a gosma das caixas e jogando os últimos putrilinianos de volta à superfície musgosa do planeta enquanto a nave subia mais e mais alto. — Vocês certamente não vão conseguir roubar as nossas coisas. Estão com dois centímetros de altura. Deem o fora daqui.

— Vou me odiar por dizer isso, mas essas porcarias nojentas são realmente muito fofas quando estão assim pequenininhas — disse Rocky, zombando. — Qual o problema com eles? Não morrem?

— Acho que não — respondeu Quill. — Sinceramente, eu meio que não os culpo por tentarem pegar as nossas coisas. Aposto que foi o evento mais interessante que aconteceu nesse planeta nos últimos anos.

— Nesse caso, não guardo rancor deles — disse Rocky. — Vou te dizer uma coisa, já tive manhãs piores. Muito piores, Quill. Você nem *imagina* o tipo de coisas que eu já passei ao acordar...

— Sim, você está completamente certo, amigo — disse o Senhor das Estrelas. — Eu nem imagino. Vamos manter desse jeito.

Quando a *Milano* rompeu a atmosfera, ele e Rocky, lado a lado, desapareceram no interior da nave. Com a carga recuperada, eles se aproximavam do fim de uma longa jornada que, se corresse bem, terminaria em um pagamento que poderia fazer com que levassem uma vida confortável nos melhores planetas de turismo por quase um ano inteiro. O Senhor das Estrelas realmente acreditava que se animar com as coisas antes de concluir uma missão dava azar, mas quando fechava os olhos podia ver o céu límpido, bebidas fortes, uma bela amiga, uma piscina do tamanho de um planeta e absolutamente nenhuma gosma ambulante diante dele.

Aquilo era algo pelo que realmente valia a pena esperar. E naqueles dias, era tudo o que o Senhor das Estrelas realmente precisava.

CAPÍTULO DOIS

A VIDA NOS CÉUS
Rocky

Não muito tempo depois, Rocky sentou-se à mesa de jantar com seus amigos, desligando-se enquanto o Senhor das Estrelas contava uma versão exagerada de seu encontro com os putrilinianos para Gamora, Drax e Groot durante a refeição noturna, feita com os restos que tinham guardados na geladeira. A mente de Rocky estava em outro lugar, ocupada pensando em situações uma mais sórdida do que a outra, em que ele gastaria seus grandes lucros assim que recebessem a recompensa.

Ele considerou ir para Drumog, um pequeno planeta composto inteiramente de fontes termais... mas então se lembrou de que pelo menos duas de suas ex-namoradas moravam lá, e imaginou que elas não ficariam muito felizes em vê-lo depois de como ele largara as coisas. Uma delas era especialista em estrelas ninja, o que parecera atraente na época, mas que naquele momento o fazia manter sua cauda eriçada bem perto do corpo.

Rejeitando essa ideia, sua mente vagou para Baltagor, um planeta de répteis hiperinteligentes que tinham transformado quase todas as superfícies disponíveis em um paraíso para apostadores. Cassinos, arenas de luta em gaiola, fossos de *monster truck*; o guaxinim esfregava as patinhas vorazmente só de pensar naquele lugar. Imaginou todas as maneiras em que poderia gastar e ganhar dinheiro lá, e começou a bolar um plano para convencer Groot a se inscrever para a luta em gaiola quando percebeu que Gamora o encarava com uma única sobrancelha levantada e um olhar aborrecido e reprovador, uma expressão que Rocky conhecia bem.

— Você estava esfregando suas patinhas? — perguntou Gamora, com um sorriso se espalhando em seu rosto. Ela exalava poder e confiança, mesmo enquanto provocava seus amigos sutilmente. Ela era alta, principalmente para os padrões de

Rocky, com pele verde-jade, cabelo preto que ficava roxo perto das pontas e olhos verdes. Ela era confiante, calculista e, como ele dizia, *rasgada*. A definição de uma guerreira.

— Sim, sim — respondeu ele, devolvendo o sorriso e dando uma risadinha. — Estava tramando um plano maligno. Deixe um cara sonhar em paz.

Rocky e Gamora compartilhavam um vínculo especial. Ambos eram os últimos de suas espécies... completamente únicos e sozinhos. Rocky não gostava de falar muito sobre seu passado, principalmente quando sóbrio, mas sentia uma profunda empatia por Gamora. Ela não era apenas a única sobrevivente zen-whoberiana, mas também a filha adotiva do tirano interestelar (e completo babaca) Thanos, que certa vez a encarregara de realizar algumas tarefas desagradáveis para seus próprios propósitos perversos. Em vez de obedecer, ela se voltou contra o Roxão (apelido carinhoso de Rocky para o gigante fascista violeta) e se juntou aos Guardiões da Galáxia, com quem passou a realizar tarefas desagradáveis por dinheiro... e para salvar o universo.

Completamente diferente.

Aquele vínculo compartilhado, no entanto, era o que Rocky mais gostava a respeito de ser um Guardião. Salvar vidas era muito bom, e o dinheiro, bem, ele não poderia mentir... era uma maravilha quando eles colocavam as mãos no ouro. Mas quando olhava ao redor da mesa, para seus únicos amigos no universo, ele sabia que todos podiam estar sozinhos de algum jeito, mas pelo menos estavam sozinhos juntos.

Drax, oficialmente Drax, o Destruidor, era uma gigantesca massa de músculos, mas quando Rocky o via engasgando com água depois de rir enquanto bebia por causa da imitação que o

Senhor das Estrelas fazia das vozes dos putrilinianos, era fácil esquecer que o grandalhão poderia esmagar um crânio com o esforço de alguém que tirava a tampa de uma garrafa. Seu passado era complicado como o de Gamora, e similarmente ligado a Thanos: toda a família dele fora morta por um assassino que trabalhava para o tirano louco. Drax emergiu dessa perda como um guerreiro, com a intenção de caçar Thanos e vingar as vidas de sua família, mas o Destruidor descobriu que a vingança, por mais que fosse um negócio lucrativo, estava começando a enlouquecê-lo. Assim, ele se juntou aos Guardiões e passou a canalizar sua raiva para algo construtivo, destrutivo apenas quando era a hora certa.

— Eu sou Groot — rugiu Groot, levantando-se da mesa. Groot era o melhor amigo de Rocky em todo o universo, e não apenas porque o guaxinim podia se empoleirar confortavelmente nos galhos dele. Groot era gentil, empático e engraçado pra caramba. Ele originalmente, como quase todo mundo que Rocky considerava amigo, vivera fora da lei. Mesmo assim, o ex-criminoso, atualmente quase-não-criminoso-a-menos--que-a-situação-exigisse, era a melhor pessoa que o guaxinim conhecia.

— Também estou prestes a ir pra cama, cara — disse Rocky, recostando-se na cadeira. Enquanto os outros estavam ao redor de Groot tempo o bastante para entender o tom dele de vez em quando, Rocky continuava como o único membro da tripulação que o entendia completamente. Ao que parecia, quando Groot falava, tudo o que os outros escutavam era "Eu sou Groot". Rocky sabia que a espécie de Groot, *Flora colossus*, tinha cordas vocais rígidas, limitando a variedade em seus padrões de fala, mas ainda assim, achava que seu grande amigo falava claramente, levando tudo em conta.

— Eu sou Groot — gritou Groot por cima do ombro áspero.

— Nojento, cara — disse Rocky, tapando o nariz enquanto corria para longe da cadeira. — Saiam da frente, a floresta ambulante acabou de peidar na gente.

— Sabe, quando conheci Groot, achei que ele era majestoso — disse o Senhor das Estrelas. — Agora estou aqui, sentado à mesa de jantar, sentindo cheiro dos peidos de árvore dele. A vida é estranha.

— A vida não é estranha. *Nós* somos, e temos orgulho disso — disse Rocky, dando um tapinha no ombro do Senhor das Estrelas. — Boa noite, Quill. Gamora, Drax, seus filhos-da-mãe prestes a ficar ricos. Vejo vocês pela manhã.

Rocky saiu da sala, perguntando-se como fora para o Senhor das Estrelas *antes* que a vida se tornasse "estranha". Para ele, a vida sempre fora daquele jeito. Melecas de quase dois metros de altura, árvores sencientes, caras e garotas verdes, aquilo era o resumo da normalidade. Mas não para o Senhor das Estrelas. Antes de assumir aquele nome, ele era Peter Quill, um garoto humano do planeta Terra onde, até onde Rocky sabia, um bom número de pessoas nem mesmo acreditava na existência de vida fora de seu planeta. Especismo no seu ápice.

Quill cresceu entre as estrelas, porém, e a Terra era algo muito distante dele, mas às vezes Rocky invejava o fato de que, de longe, havia um lugar em que seu amigo poderia se estabelecer e chamar de lar. Ele era o único que tinha aquilo, e mesmo assim escolheu estar lá, cruzando a galáxia, vivendo a vida nos céus.

Rocky não tinha certeza se entendia, mas não precisava. O Senhor das Estrelas, não importava de onde viesse, era um deles.

O guaxinim subiu em seu beliche. Logo que se deitou no colchão duro, os sons profundos e ritmados de Groot roncando acima dele começaram a fazê-lo adormecer. Se tudo corresse bem, ele acordaria na hora em que pousassem em Bojai, onde doces e belas pilhas de dinheiro esperavam por eles. Se aquilo não bastasse para garantir a Rocky sonhos agradáveis, nada bastaria.

Rocky acordou ao bater no chão. Antes que pudesse se endireitar, ou mesmo organizar os pensamentos, algo pesado e feito de madeira caiu sobre ele, prendendo-o no chão do quarto da nave. Ele sentiu o peso de Groot pressioná-lo para baixo quando a nave sacudiu para o lado e, em seguida, inclinou-se bruscamente para o outro, como se estivesse sofrendo uma intensa turbulência galáctica.

— Eu sou Groot — gritou seu amigo enquanto os dois deslizavam juntos pelo chão. Rocky saiu debaixo do corpo pesado de Groot e agarrou um dos galhos dele, puxando-se para cima.

— Não se preocupe comigo — disse ele. — Estou bem. Talvez só com uma centena de ossos quebrados, nada muito grave. O que está acontecendo? Estamos sendo atacados?

— Eu sou Groot!

— Sim, estou segurando! Vamos lá! — respondeu o guaxinim. Groot estendeu o braço e agarrou o beliche. Ele se ergueu, usando a grade para se equilibrar. Empoleirado sobre o ombro dele e segurando firme, Rocky observou todos seus pertences derraparem pelo chão enquanto a nave sacudia de novo. Não sabia o que estava acontecendo, mas sabia que tinha acordado em uma situação muito abaixo do que esperava.

Com Groot se pressionando contra a parede do salão da nave enquanto se moviam, eles avançaram para fora dos dormitórios. Enquanto avançavam, segurando-se quando a nave sacudia de novo, passaram pelos outros quartos e viram que Drax, Gamora e o Senhor das Estrelas já estavam fora de suas camas e tinham saído dali. Groot estendeu a mão e agarrou a escada que levava ao convés de voo.

No momento em que os dois faziam a curta escalada até o topo, os solavancos pararam. Gamora e o Senhor das Estrelas já estavam lá, parados no convés de voo e de costas para Rocky enquanto observavam confusos a tela de toque diante deles. Havia duas cadeiras de couro vermelho, uma das quais Rocky gostava de considerar sua — levando em conta a frequência com que ele pilotava a *Milano* (embora o Senhor das Estrelas, que era praticamente apaixonado por ela, pudesse discordar) —, posicionadas diante do nariz de vidro temperado da nave e das engrenagens brilhantes que iluminavam a mesa com brilhos de danceterias.

— O que foi isso? — perguntou Rocky. — Groot quase me esmagou! E onde está Drax?

— Aqui! — chamou Drax, lá de baixo. Ele subiu a escada segundos depois, emergindo na cabine de comando, com um rifle neuroblaster em cada mão. Presos em seu corpo estavam mais dois lançadores de plasma. — Fui até o arsenal para que estejamos armados caso nossos agressores tentem embarcar. Quem se atreve a atacar nossa nave?

— Acalme-se, Drax. Estamos mais confusos do que... há, cercados — disse o Senhor das Estrelas, apontando para a frente. Através do vidro temperado, todos eles viam algo que viram inúmeras vezes antes: um céu preto pontilhado de estrelas.

— E? — perguntou Rocky.

— Dê uma olhada no mapa — disse Gamora, digitando uma sequência na superfície de toque. O vidro ganhou vida com linhas azuis que formavam uma imagem de três planetas e um sol azul ardente. Ela apontou para o menor planeta, que mais parecia uma lua por seu tamanho e palidez. — Aquele é Espiralite. — Dos três planetas, era o mais próximo deles, a apenas trinta minutos de voo de distância. Ela moveu o dedo na tela, na direção de um grande planeta com vários anéis rotativos e iridescentes, que estava mais perto do sol, mas ainda bastante acessível a partir de Espiralite. — Incarnadine. — Depois ela ampliou a imagem entre Espiralite e Incarnadine, mas muito mais perto do último, para se concentrar no terceiro planeta. Era exuberante e verde, mas tão pequeno que deveria ser uma lua. — E nosso destino: Bojai.

Groot apontou para o mapa:

— Eu sou Groot?

— Ele está perguntando... — começou Rocky.

— Por que não simplesmente seguimos o mapa, certo? — perguntou Quill. — Bem, nós seguimos. Deveríamos estar vendo esses planetas bem à nossa frente, mas em vez disso... bum.

— Bum? — perguntou Drax. — O que é "bum"?

— Bum é o que acontece quando tentamos fazer a *Milano* atravessar aquilo — disse o Senhor das Estrelas, apontando para o espaço vazio diante deles. — Parece um espaço aberto, mas tem alguma coisa nos bloqueando.

— Visual e fisicamente — acrescentou Gamora. — É uma coisa boa que o sistema saia da velocidade da luz à medida que nos aproximamos do sistema. Se estivéssemos voando por mais alguns minutos, teríamos atingido aquela coisa e... bem, vocês sabem.

— Aquela coisa? — perguntou Rocky.

— É um espaço sólido — disse o Senhor das Estrelas. — Literalmente. É tipo o espaço, só que é sólido.

— Certo, espertinho, eu entendi o jogo de palavras — disse Rocky. — Mas isso não quer dizer nada. O espaço não pode ser mais sólido do que... Há... Não consigo pensar em uma comparação, mas não é possível!

— Bom, não sei o que te dizer, cara. Tentei forçar algumas vezes, mas aquela coisa continua sacudindo a nave e nos empurrando ainda mais para trás. Tem algum tipo de reação estranha acontecendo aqui — disse Quill.

— Talvez esses planetas tenham sido destruídos — disse Drax. — Planetas são destruídos todos os dias. Já ouvi falar de bombas de energia que tornaram inabitáveis sistemas solares inteiros. Talvez essa reação seja energia residual.

— Não, saberíamos se alguém tivesse incinerado esses planetas — disse Rocky. — Os mapas teriam sido atualizados. Quando tivemos notícias de Bojai pela última vez?

— Quando nos contataram pela primeira vez para esse trabalho — disse Quill. — O contato veio através de uma rede de terceiros, mas era legítimo. Há um mês, Bojai estava bem aqui na nossa frente, ao lado de seus dois vizinhos, enviando sinais para quem quisesse ganhar dinheiro. E aí eles simplesmente desaparecem da existência? Não sei, mas sei o que estou vendo. Um monte de nada.

— Teríamos ouvido falar — disse Rocky. — Incarnadine é uma rocha bem grande. Já ouvi falar desse pessoal antes. Já vi uma em Dumlorx uma vez, acho. Pele de arco-íris. Bela garota, bons momentos.

— Vá direto ao ponto, homenzinho — disse Gamora.

— A questão é que três planetas simplesmente não fazem *puf* sem que as pessoas fiquem sabendo. A Tropa Nova estaria aqui, procurando pelo responsável. Não. Nosso dinheiro ainda está lá fora. Sei disso.

— Parece que você tem uma teoria — disse Gamora.

— Não é bem uma teoria — disse Rocky, se afastando. — Mas já vi algo assim. Alguma porcaria tecnológica. Vou lá fora dar uma olhada por conta própria.

— Tem certeza de que é uma boa ideia? — perguntou Quill.

— Eu sou Groot — disse Groot, acenando com a cabeça para a frente e para trás.

— Vou ficar bem, vovós — disse Rocky. — Já enfrentamos algo pior que um bloqueio de viagem.

— Supondo que seja isso — disse Gamora.

— Vou supor que seja, então — respondeu Rocky. — A outra possibilidade é que um planeta cheio de dinheiro que deveria ser nosso se foi, e não aceito uma coisa dessas!

Enquanto descia as escadas indo até o depósito para pegar o traje espacial, Rocky riu sozinho ao ouvir Drax com o tom levemente perplexo perguntando:

— Quill... Groot... como exatamente vocês podem ser *avós* dele? Não faz sentido nem pelo gênero nem pela idade.

— Foi uma metáfora de novo, cara — respondeu o Senhor das Estrelas.

— Ah, claro — disse Drax. — Estou ficando melhor nisso.

— Ah, não está mesmo! — gritou Rocky em resposta, enquanto pegava o menor traje espacial do grupo. O guaxinim entrou no traje, acionou o oxigênio e se preparou para testar sua teoria sobre o campo de força que impedia seu progresso. Ainda não sabia se sua ideia estava certa, mas tinha certeza de uma coisa: nada o impediria de receber seu pagamento.

Rocky, com a cabeça envolvida por um bulbo de vidro espesso e o corpo protegido por um traje espacial leve, parou no nariz da *Milano*, de frente para o que parecia ser o caminho diante deles, sem o sol e os três planetas que, de um jeito ou de outro, deveriam estar ali.

Rocky carregava três objetos:

Uma pedra

Um graveto arrancado de Groot

Uma arma de raios

Rocky era mais conhecido pelo que fazia com suas armas *depois* de concebê-las, mas ainda assim era um inventor extraordinário. Naquela situação, ele testaria sua teoria da mesma forma que testava suas criações. Tentativa, erro e observação.

Primeiro ele tirou a pedra do bolso. Segurando-a na palma da mão, olhou para o espaço com os olhos semicerrados. Estendeu o braço até que sua pata alcançou a extremidade da nave e, depois, jogou a pedra no espaço.

A pedra escorregou de sua pata, deslizando em direção ao que o Senhor das Estrelas tinha chamado de "espaço sólido". Rocky se preparou para desviar caso a pedra se voltasse contra ele, rejeitada pelo que quer que tivesse empurrado a *Milano* para longe com tanta força. Em vez disso, a rocha desapareceu como se de repente fosse engolida pelo próprio espaço.

Acenando com a cabeça, ele puxou o graveto e fez o mesmo: estendeu, sacudiu e observou. Daquela vez, o graveto flutuou por apenas um instante e depois atingiu uma barreira física invisível. A força do impacto deveria ter sido mínima, mas o graveto foi lançado para trás de forma desajeitada, como se tivesse sido atingido por uma força de vários ângulos.

— Sim — disse Rocky em voz alta. — Eu sou um gênio.

Ele então sacou sua arma de raios para a parte final do teste. Sabendo que o feixe da arma muito provavelmente ricochetearia de volta, dada a hipótese que criara sobre o dito espaço sólido, ele o angulou para longe da nave, levando em consideração a maneira como o graveto de Groot vibrara em uma direção estranha. Ajustou a arma para o modo de atordoar e disparou.

Um raio rosa neon cortou o céu e, antes que Rocky pudesse ver se ricocheteou ou não, centenas de raios vermelhos foram apontados para ele e para a *Milano* de todas as direções.

— MOVA-SE E SERÁ OBLITERADO, JOVEM ROEDOR — disseram muitas vozes incorpóreas ao mesmo tempo, através do dispositivo comunicador de Rocky. — DIGA O QUE QUER AQUI.

A voz do Senhor das Estrelas também soou do comunicador de Rocky, apressada e em pânico:

— O que está acontecendo aí fora, cara? Você viu de onde isso está vindo?

— Em primeiro lugar — disse Rocky, olhando para cima, vasculhando o céu em busca de qualquer indício de um alto-falante. — Eu não sou um roedor. Em segundo lugar, não sou assim tão jovem! Em terceiro, você pode beijar a minha...

— Com licença! — A voz de Gamora soou pelo comunicador, abafando as palavras de Rocky. — Nós somos os Guardiões da Galáxia. Meu nome é Gamora, e meus companheiros são Rocky, Groot, Drax e Senhor das Estrelas. Estamos realizando uma entrega aprovada pela Tropa Nova do planeta Glarbitz para um planeta em seu sistema solar: Bojai. Acredito que estou falando com alguém de um dos três planetas próximos?

— Sim, eles têm um bloqueador de energia! — gritou Rocky de volta. — Exatamente como eu pensei. As pessoas ainda estão lá, mas nada vivo ou movido a energia pode passar. Coisas de alta tecnologia, mas nada que não possamos quebrar.

— VOCÊ ESTÁ SUGERINDO QUE SUA INTENÇÃO É QUEBRAR A SEGURANÇA DO NOSSO SISTEMA? — perguntaram as vozes, aumentando novamente, com um eco zumbindo.

— Não! — explodiu a voz do Senhor das Estrelas na *Milano*. — Desculpem. Ouçam. Rocky simplesmente não gosta de ser chamado de roedor. Não temos ressentimentos, de verdade. Se vocês verificarem com a Tropa Nova, verão que estamos autorizados a passar.

— AUTORIZAÇÃO NEGADA. RETORNE PARA GLARBITZ OU SUA NAVE SERÁ CONFISCADA.

Rocky rosnou.

— Ah é? Confisque isso! — Ele estendeu seu blaster e puxou o gatilho, enviando uma rajada rosa na parede do espaço.

— Rocky! — gritou o Senhor das Estrelas nos alto-falantes da nave. — Groot, vá até lá e pegue o pequeno imbecil. Ele vai fazer a gente levar um tiro antes mesmo de descobrirmos com quem estamos falando. Ouçam, vozes incorpóreas, como eu disse, verifiquem com a Tropa Nova. Estamos todos bem.

— CONFISCANDO EM TRÊS.

— Ah, sério? — disse o Senhor das Estrelas.

— DOIS.

Rocky continuou disparando rajada atrás de rajada, todas ricocheteando, iluminando o céu de rosa. Ele sabia que provavelmente seria atingido, mas naquela hora estava tão furioso que não conseguia se conter. O fato de não haver nada para mirar não ajudava.

— UM.

Com uma velocidade incrível, todos os pontos de laser vermelho brilhando sobre a *Milano* no céu vazio acima deles convergiram no nariz da nave em um único ponto vermelho onde Rocky estava, Ele saltou para longe quando algo avançou vindo do centro do céu e pousou com força na nave, perfurando a superfície do casco. Tinha cerca de trinta centímetros de altura e era circular, com quatro pernas metálicas e um único olho vermelho.

— Sabia — disse Rocky. — Eles são drones! Estão usando drones para criar um campo de força que...

Rocky sentiu o ar sair com força de seus pulmões quando um segundo drone o atingiu, agarrando-se em seu peito. Lutou contra a máquina por um momento, mas antes que pudesse posicionar sua arma de raios contra o corpo redondo da coisa, ela o apertou três vezes seguidas com uma força esmagadora, fazendo com que ele ficasse mole. Enquanto estava caído na *Milano* com o drone preso a ele, o guaxinim observou sua arma vagar pelo espaço.

— Rocky? — O Senhor das Estrelas chamava pelo dispositivo de comunicação pessoal de Rocky, mas ele não conseguia responder, não tinha nem tempo de recuperar o fôlego. Os drones zumbiam, arrastando Rocky e a *Milano* em diferentes direções. Entrando em ação, os drones os puxaram através da barreira invisível e os levaram para o sistema solar oculto além do véu.

CAPÍTULO TRÊS

Além do véu
Gamora

"Se eu jogar um guarda na fornalha seria o bastante para começar uma rebelião?", pensou Gamora, enquanto inspecionava o pátio da prisão superlotada.

Ela estava sendo empurrada por um ser de mais de dois metros de altura através de um caminho rochoso em Espiralite, onde os drones tinham levado os Guardiões e atracado a *Milano*. As mesmas criaturas conduziam Rocky, Drax, Groot e o Senhor das Estrelas à frente de Gamora, forçando-os a passar por um grande grupo misto de alienígenas. Ela reconheceu algumas das raças, outras não. Mas podia ver que eram todos prisioneiros, com algemas brilhantes ao redor dos pulsos e tornozelos, e que estavam sendo forçados pelas criaturas altas a realizar trabalho braçal. A maioria usava pás compridas para remover montes de solo e cavar um poço profundo, expondo rajadas de chamas azuis que irrompiam do chão. Alguns prisioneiros, com a pele brilhando de suor e olhares distantes, pareciam prestes a desmaiar.

De fato, enquanto passavam, Gamora conseguia sentir o calor mesmo a metros de distância. O que quer que aquela chama azul fosse, era potente.

Ela olhou por cima do ombro, avaliando o imponente alienígena que andava atrás dela e se perguntando se seria capaz de derrotá-lo com os pulsos algemados nas costas, como estavam naquele momento. Mas mesmo que ela pudesse lutar e empurrar a criatura para dentro da fornalha, na louca possibilidade de que sua revolta incitasse os outros prisioneiros a uma rebelião, a nave continuaria confiscada com a preciosa carga, e ela e sua tripulação sabiam muito pouco sobre a situação que estavam enfrentando. Além do mais, depois do pátio da prisão havia uma grande instalação que Gamora suspeitava ser a própria prisão... que ela tinha certeza de que estava repleta de mais daqueles guardas alienígenas silenciosos.

Por mais que fosse frustrante, ela sabia que o certo a se fazer era esperar.

Os alienígenas eram altos e magros, com membros finos cobertos por um exoesqueleto preto e liso. Veias roxas subiam pelos braços e costelas e, quando respiravam, suas grandes cabeças piramidais se abriam por um momento, revelando uma bolsa translúcida se expandindo e contraindo. Gamora nunca vira aquela espécie antes, mas seu tempo trabalhando como assassina para Thanos e os anos seguintes em que passara lutando dos dois lados da lei a tinham treinado para perceber vulnerabilidades — e ela sabia, pela forma como as cabeças das criaturas se fechavam sobre as bolsas de ar enquanto elas exalavam que, se necessário, aquele seria o ponto a ser atacado.

Elas tinham um alcance incrível, porém, com braços longos que se dobravam profundamente no cotovelo, como pernas de aranha, e três dedos em cada mão, que eram tão longos quanto seus antebraços. Elas não tinham falado em voz alta, mas desde que a *Milano* atracara e fora invadida pelos guardas, que desarmaram os Guardiões e os prenderam com as algemas energéticas — que no momento restringiam seus braços atrás das costas —, Gamora ouvia um ruído constante e distante no fundo de sua mente, como uma música cuja fonte não podia ser rastreada.

Ela suspeitava que aquelas criaturas fossem telepáticas.

— Para onde estão nos levando, grande inseto? — perguntou Drax. — Minha paciência está se esgotando.

— Sua *paciência* está se esgotando? Estamos algemados! Estamos indo para uma prisão. Nós já perdemos a paciência, meu amigo. Estamos a ponto de arrebentar algumas cabeças! — explodiu Rocky.

— Não — disse Gamora, mantendo o tom de voz, mesmo quando o guarda a empurrou. — Vamos fazer o que eles mandam. Por enquanto.

— Eu sou Groot — disse Groot, na frente do grupo.

— Você escutou? Groot concorda comigo — disse Rocky.

— Talvez fosse bom não falar tão abertamente sobre nossos planos na frente de nossos captores. O que acham disso? — perguntou o Senhor das Estrelas.

— Esses capangas não falam a nossa língua, nem qualquer outra — disse Rocky. — Não é mesmo, bafo de inseto?

Não houve resposta, mas o zumbido psíquico distante continuava ininterrupto.

Ao passarem pela prisão, o Senhor das Estrelas olhou por cima do ombro. Foi rápido, apenas um lampejo de seus olhos azuis, mas ela sabia exatamente o que ele estava perguntando. *Qual é a jogada aqui?*

Ela olhou para a frente, observando placidamente como se nada estivesse errado. O Senhor das Estrelas pareceu se consolar com aquilo e se virou, continuando a se mover com o grupo. A verdade é que Gamora sabia que se Peter Quill estivesse sozinho naquela situação, já teria tentado exatamente o que Rocky ameaçara fazer. Durante a maior parte do tempo desde que o conhecera, o Senhor das Estrelas era o tipo de homem que se jogava em um problema, improvisava um jeito de sair dele e torcia para não ser atingido na troca de tiros. Ele era impulsivo, imprudente e absolutamente brilhante quando a situação degringolava. Não havia ninguém que Gamora preferisse ter a seu lado quando problemas surgiam, como acontecia com frequência, mas o Senhor das Estrelas estava começando a aprender uma importante lição com as dicas de Gamora, talvez a única coisa de valor que ela aprendera com seu pai: até mesmo a pessoa mais poderosa do universo deve evitar problemas, se for possível.

Eles avançaram em direção a um edifício alto de marfim, que parecia um palácio asgardiano quando comparado à pedra bruta da prisão. Gamora não conseguiu observar muito da configuração do terreno, mas quando os drones levaram a *Milano* confiscada, ela notou algumas cidades povoadas abaixo deles, mas que estavam muito distantes dali. Naquela área, os únicos edifícios visíveis eram a prisão, a construção da qual eles se aproximavam e uma torre à distância, a cerca de um quilômetro deles, que lançava raios de chamas azuis para o céu. A grama era verde e havia pequenos lagos ao redor, portanto a região era definitivamente habitável, mas não parecia haver nenhuma casa ao redor.

Quando chegaram à entrada do edifício de marfim, a criatura deu a Gamora um último empurrão. Ela se virou, tentada por um momento a dar um chute direto na bolsa de ar da criatura só para ver se estouraria como um balão, mas cerrou os dentes, lutando contra o impulso. Eles claramente não estavam indo para a prisão… ainda. Aquela era uma vitória em sua lista, não importa quão pequena fosse.

Enquanto estavam ali em um corredor vazio, branco e estéril, os esguios alienígenas se afastaram dos Guardiões, que estavam reunidos, olhando confusos ao redor.

— E então? — estourou Rocky.

A cabeça de Gamora foi tomada por um pensamento poderoso. Quase parecia uma voz, mas estava longe de ser uma voz que escutava, parecia mais próximo da maneira como ela experimentava seus próprios pensamentos. Pela maneira como seus amigos estremeceram, ela sabia que eles tinham "ouvido" a mesma coisa: *Escolham um representante.*

— Estão falando com o meu cérebro! — gritou Drax. — Isso é inaceitável!

— Ei — disse o Senhor das Estrelas. — Pega leve, garotão. Segure essa violência só mais um pouco. Fica frio.

— Não dá para ficar "frio" — disse Drax. — Sinto o calor tomando meu corpo enquanto minha raiva aumenta. Eu não poderia estar menos "frio"!

— Apenas verdades — disse Rocky, baixinho.

— Eu sou Groot?

— Acho que temos que fazer o que eles dizem, certo? — disse Rocky, olhando de Groot para Gamora. — É o que todo mundo vive me dizendo, por qualquer motivo estúpido. Porque se eu pudesse escolher, meu representante seria uma joelhada diretamente nos...

— Eu sou Groot — respondeu Groot, com firmeza, balançando a cabeça cheia de folhas.

— Certo — suspirou Rocky. — Vamos continuar jogando. Se esses fanfarrões acabarem cozinhando o representante para o jantar, não se esqueça de que eu avisei. Escolham quem vocês quiserem.

— Gamora — disse o Senhor das Estrelas. — Há, não que eu queira que você seja cozida. Estou achando que esse não é o caso de alguém virar jantar. E se for, se alguém sobreviver... tem que ser você.

— Obrigada — disse Gamora, com as sobrancelhas erguidas.

— Eu escolho... — disse Drax, inclinando a cabeça, imerso em pensamentos. — Drax, o Destruidor.

— Eu sou Groot — ofereceu Groot.

— Dois votos para Gamora — disse Rocky. — Certo. A paz venceu. Gamora, converse com eles até que morram e possamos tirar nossa *nave* daqui e ir ganhar algum *dinheiro*! Eu juro que se perdermos esse trabalho, vamos voltar aqui com algum inseticida gigante. Você me entendeu?

— Transmitirei a eles seus melhores votos — disse ela, acenando com a cabeça para seus amigos. Em seguida, ela se inclinou perto de Rocky com um sorriso e sussurrou: — E se eles tentarem alguma coisa... mostrarei a eles o pior de mim.

Quando dois dos guardas alienígenas levaram Gamora pelo corredor sinuoso e bem iluminado, ela percebeu que parecia não haver fontes de luz. Ela emanava de trás das paredes, de baixo dos pisos e até mesmo do teto, como se o próprio edifício estivesse carregado de energia. Depois de ter sido separada de sua equipe, percebeu que seus captores não estavam mais a empurrando, como fizeram enquanto passavam pelos prisioneiros e por aquela fornalha azul cintilante. O comportamento militar parecia ter relaxado — Gamora podia perceber pela maneira como os ombros deles estavam angulados para baixo, em vez de erguidos com os braços rígidos nos cotovelos, prontos para atacar caso os Guardiões retaliassem.

Eles subestimavam Gamora. Ela se lembraria daquilo.

O corredor subia em uma ampla escadaria, e Gamora notou dezenas de criaturas alinhadas nos corredores, cada uma armada com uma pistola de energia simples que, assim como a fornalha e a torre distante, brilhavam em um azul claro e frio. A respiração deles era uma cacofonia de suspiros, as bolsas de ar se expandindo e contraindo, os exoesqueletos faciais abrindo e fechando com estalos secos e ásperos.

A piada de Rocky sobre as criaturas a preparando para o jantar de repente passou a parecer menos ridícula.

Assim que os dois guardas originais a levaram ao final do corredor, o grupo de alienígenas se separou para revelar um conjunto de portas duplas ornamentadas, brancas como o resto do edifício, mas entalhadas com uma série de símbolos que Gamora não reconheceu. Os símbolos acenderam em uma sequência: superior esquerdo, inferior direito, centro. Ela se concentrou nas portas, tentando armazenar uma imagem mental dos símbolos, a fim de ter algo, qualquer coisa, contra aquelas criaturas, em caso de uma batalha. Com base em número absolutos, Gamora sabia que os Guardiões não teriam a menor chance em uma briga naquele momento, mas com informações, tempo, um plano, determinação e raiva o bastante, ela nunca apostaria contra sua equipe.

Antes que ela pudesse memorizar o conjunto completo de símbolos, as portas se abriram para uma sala cheia de cores. Um tapete macio e luxuoso de um roxo profundo, paredes azuis tão escuras que eram quase tão pretas quanto um céu sem estrelas, pinturas em vermelho e laranja que estavam penduradas em todas as paredes junto a certificados emoldurados e placas que pareciam prêmios. Depois de se acostumar com o prédio branco estéril, aquilo era quase um ataque aos sentidos, de forma que Gamora piscou os olhos com força enquanto era empurrada para dentro da sala.

As portas se fecharam atrás dela.

Ela piscou mais algumas vezes antes de poder fazer uma análise completa da sala. Não havia nenhum daqueles alienígenas ali, mas ela também não estava sozinha. No canto mais distante da sala, do outro lado de uma mesa preta que se mesclava com a parede, estava sentada uma criatura humanoide. Por um momento, na verdade, Gamora confundiu o alienígena com um homem humano e idoso. Os olhos dele estavam concentrados na superfície da mesa, que brilhava com uma série de imagens digitais. Usando uma delicada mão de quatro dedos unidos por membranas, o alienígena afastou algumas das projeções e então, com um profundo suspiro, olhou para Gamora.

— Olá — disse ele. O nariz, quase achatado contra o rosto flácido, conduzia aos lábios, que se separavam sobre uma fileira de presas pequenas, mas embotadas, parecidas com as de um gato da Terra. Com pele rosa-clara e grandes olhos que eram poços de um azul profundo, sem íris ou brancos, o alienígena parecia muito menos agressivo por fora do que os guardas. Mas as jornadas de Gamora lhe ensinaram que às vezes os seres aparentemente inofensivos eram piores do que monstros gigantes e sibilantes com navalhas no lugar dos dentes, por isso ela ainda não estava preparada para baixar a guarda. A fisionomia era para os fracos de espírito, e Gamora nunca se considerara entre esse tipo de gente.

— Olá — disse Gamora. Ela reparou que a criatura estava completamente vestida, enquanto os insetoides não usavam nada. Aquele alienígena estava coberto até o pescoço com uma roupa formal, de um branco puro, exceto por um alfinete azul brilhante sobre o bolso direito do peito.

— Eu sou o Imperador Z'Drut, de Espiralite — disse ele. — Você é Gamora, filha de Thanos.

— Não é minha descrição preferida — respondeu ela.

— Guardiã da Galáxia — disse Z'Drut, com um sorriso largo, as bochechas macias e os olhos brilhantes.

— Isso mesmo — confirmou Gamora.

— É um prazer conhecê-la — disse Z'Drut. — Não acredito que Espiralite jamais teve o prazer de receber um Guardião da Galáxia... por mais que isso pudesse nos ter sido útil em tempos difíceis.

Gamora estreitou os olhos para Z'Drut, avaliando-o enquanto ele sorria para ela. Aquelas palavras poderiam soar passivo-agressivas vindas de outra pessoa, mas havia algo em seu tom moderado que soava verdadeiro.

— Embora seja um prazer conhecê-lo, Imperador Z'Drut, preciso dizer — disse Gamora —; se você sabe quem somos, fico confusa a respeito do motivo de nos impedir de chegar ao nosso destino.

— Hmm — disse Z'Drut, tocando o queixo com um dedo. Ele fechou os olhos, parecendo refletir sobre as palavras de Gamora, e depois olhou de volta para ela. — Por favor, por favor. Sente-se.

Gamora caminhou até a mesa, diante da qual estava um banquinho curto e plano, sem encosto. As algemas tornavam difícil o ato de se sentar, mas ela fez o que pôde, dobrando os joelhos com cuidado para não cair para trás. Z'Drut a observou se jogar de forma desajeitada no banquinho, que devia ter sido projetado para alguém muito mais alto, provavelmente um dos guardas alienígenas, já que a fazia olhar de baixo para o Imperador, à mesa em posição elevada.

— Minhas desculpas. Entendo que as algemas dificultam bastante o movimento — disse ele. Como Guardiã da Galáxia, no entanto, tenho certeza de que você tem a experiência para entender por que devo tomar essa preocupação.

— Como disse, com todo o respeito, não tenho certeza se *entendi* — respondeu ela. — Não guardamos nenhum segredo. Na verdade, somos esperados em Bojai antes do pôr do seu sol. Se quiser verificar com os oficiais daquele planeta, eles irão corroborar com o que digo. É uma entrega autorizada. Sei que o governo de Bojai tende a operar de forma solitária, mas tenho que presumir que vocês não são inimigos.

— Não — disse Z'Drut. — Claro que não. Encontrei-me com o conselho deles em diversas ocasiões. São pessoas elegantes, senão únicas.

— Então seria fácil para você esclarecer a situação? — perguntou Gamora.

Z'Drut acenou com a cabeça, como se ela tivesse dito algo com que ele concordasse inteiramente.

— Você é mãe? — perguntou ele.

— O quê?

— Você é mãe? Tem filhos?

— Não sei como isso pode ser da sua conta — disse Gamora, com o olhar sombrio.

— Ah, não, claro. Não é — disse Z'Drut, sorrindo suavemente e erguendo as mãos membranosas. — Minha intenção não é bisbilhotar. Estou apenas tentando ilustrar minhas circunstâncias únicas aqui. Digamos, apenas para esta conversa, que você é mãe. Está cuidando de uma família cheia de filhos e filhas, brilhantes e lindos. — Ele olhou para Gamora, cruzando o olhar. — Eles têm os olhos da mãe.

— Até onde isso vai?

— Seus filhos são queridos para você. Tudo o que você ama na vida, tudo o que é *bom* está neles. Você deseja protegê-los do mundo, porque viveu uma vida que preferia que eles nunca vissem. Existem seres lá fora, seres que lhes fariam mal por nenhuma outra razão além da própria *satisfação*. Você gostaria de evitar que isso acontecesse. É claro que gostaria.

Gamora olhou para ele sem expressão.

— Aí vai uma dica. A próxima vez que for tentar fazer uma afirmação, não presuma que alguém é maternal só porque é uma mulher. Faz com que você pareça um idiota.

Os olhos de Z'Drut se arregalaram. Por um momento, Gamora pensou que ele iria avançar para atacá-la. Em vez disso, os lábios dele se abriram quando ele soltou uma risada alta e sonora.

— Incrível. Você é capaz de receber salvo-conduto apenas com base na simpatia.

Gamora forçou um sorriso.

— Bom ouvir isso. É o que eu queria. Simpatia.

— Sinto dizer que você me entendeu mal — disse Z'Drut. — Meu objetivo não é seu instinto maternal, mas sim seu instinto de proteger o que você ama. Filhos, família, amigos... seu *povo*. Para completar minha metáfora, permita-me. Se um homem passasse pela sua aldeia, onde você e seus lindos filhos vivem... e se mostrasse a você os documentos dele, provando que os homens que governam sua terra lhes deram permissão... bem, depois que você o encontrasse banhando-se no sangue dos seus filhos, no sangue daquelas doces crianças que tinham os seus olhos, que eram tão bons, tão puros, você daria boas-vindas ao próximo visitante de braços abertos?

As pernas de Gamora ficaram tensas. A cada palavra que Z'Drut dizia, ela se convencia cada vez mais de que não fora levada até ali para conversar. O tom dele era leve e amigável, mas Gamora podia sentir uma chama por trás dele. Não sabia o que ela e sua tripulação tinham feito para atrair a atenção dessa chama, mas estava preparada para entrar em ação se ele agisse.

Z'Drut se levantou.

— Deixe-me ser claro. Não desejo fazer mal a você, nem tenho qualquer má intenção para com os Guardiões da Galáxia. Mas você deve ter empatia com as lutas do meu povo.

— Quem *é* o seu povo? — perguntou ela. — Não vi ninguém no planeta além de *você* e das coisas que me trouxeram aqui. Não estou certa se elas são as pessoas a quem você se refere, porque elas não se parecem muito ou agem como você. Se está dando aulas de empatia, poderia começar com elas.

— Ah, os thandrid — disse Z'Drut. — As aparências enganam. Sendo alguém que viaja com aqueles chamados *Rocky* e *Groot*, você sabe que isso é verdade. Os thandrid são criaturas extremamente inteligentes e profundamente emocionais. Eles procuraram meu povo e fiquei feliz em negociar um acordo com eles.

— Eles não são deste planeta?

— Não — disse Z'Drut. — Embora agora tenhamos o prazer de compartilhar Espiralite com eles. Esta cidade, minha capital, Z'Drulite, é agora considerada um território compartilhado.

— O que poderia ter levado um líder tão cuidadoso a renunciar à parte de seu planeta? — perguntou Gamora. Então, com um sorriso tenso, ela se inclinou para a frente e acrescentou: — Não que eu esteja me intrometendo.

— Suponho que você tenha feito sua pesquisa sobre este sistema solar antes de definir sua rota para Bojai — disse Z'Drut. — Você deve saber que Espiralite é conhecido por sua fonte de combustível.

— Sei um pouco — retrucou ela. — Energia baseada na luz. Renovável. Alimenta o maquinário. Pode ser transformada em arma. Incrivelmente poderosa.

— De fato — disse Z'Drut. — É mais do que isso, mas não é importante para nossos propósitos. O que você deve entender para avaliar a dificuldade de minha posição é que, embora a Tropa Nova tenha jurado continuamente que protegeria meu povo, nossos preciosos recursos naturais tornaram Espiralite alvo de invasão atrás de invasão. Skrulls, kree, tribbititas... nossa população foi dizimada, nossa cultura destruída, para que esses monstros sugassem a energia de nosso planeta e nos deixassem para sucumbir a seus ataques. E quase o fizemos... até que os thandrid nos estenderam a mão.

— Posso sentir empatia por isso — disse Gamora. — Não preciso de uma metáfora maternal para compreender a extinção.

— Peço desculpas por ter ido longe demais — disse Z'Drut. — Não quis subestimar sua inteligência ou o que quer que tenha passado. Mas tive essa conversa algumas vezes, apenas para ver o que eu acreditava ser compreensão se transformar em um ataque.

— Então os thandrid estão protegendo seu planeta contra invasores?

— Isso e muito mais — disse Z'Drut. — Ofereço a eles o uso livre dos recursos do meu planeta e eles, por sua vez, oferecem aos espiralinos a chance de viver sem medo de serem dizimados. Com a muralha de drones finalmente instalada e conversas pessoais como essa, os thandrid nos ajudaram a capturar todas as ameaças em potencial antes que sangue espiralino fosse derramado. É uma nova era.

— Muralha de drones — disse Gamora. — Foi o que bloqueou nossa visão dos planetas.

— Nada que seja orgânico ou movido a energia pode passar — disse Z'Drut. — Parece drástico, mas meias medidas levaram à destruição do meu povo.

— Você está impedindo todas as viagens espaciais do sistema — disse Gamora. — Os incarnadinos e o conselho de Bojai aprovam isso?

— As conversas necessárias já começaram.

— E isso foi sancionado pela Tropa Nova? — perguntou ela.

Z'Drut sorriu.

— Dei à Tropa Nova a mesma consideração que eles deram ao meu planeta e ao meu povo. Tenho certeza de que consegue entender.

— O que acontece se naves precisarem passar? — perguntou Gamora, incapaz de manter o tom de voz. — Se realmente tem conversado com o conselho de Bojai, sabe o que está acontecendo naquele planeta. Sabe por que eles precisam urgentemente de acesso a planetas além do seu sistema. Isolá-los em um momento tão difícil...

— Não estou os isolando — interrompeu Z'Drut, com tom forte, mas não irritado. — Depois de falarmos com o representante de uma nave, eu faço a chamada. Na maioria dos casos, permitimos a passagem. Na pior das hipóteses, é um inconveniente que salva vidas.

Gamora estreitou os olhos.

— Na prisão, vi que você tinha um grupo bastante diverso de presidiários. Aquilo também é um inconveniente temporário?

Z'Drut sustentou o olhar dela enquanto se inclinava sobre a mesa.

— Nem todo mundo que passa pelo meu céu tem boas intenções, Guardiões da Galáxia ou não. — Ele estendeu a mão e começou a digitar uma sequência na tela de toque de sua mesa. Um mapa azul brilhante dos três edifícios próximos apareceu, e Z'Drut tocou no campo paralelo à prisão até que obteve uma vista próxima do bunker onde a *Milano* estava apreendida. — Devo dizer que gostei desta conversa. Compreendo que você preferia não ter me encontrado e que causei algumas dificuldades. No entanto, acredito que você possa entender meus motivos. É um universo cruel. Aqueles que não conseguem descobrir como viver nele perecem, esquecidos com o tempo. É trágico, mas é a vida.

— Sim. Posso entender isso. — Gamora não precisou mentir.

— Agora — disse Z'Drut, com o dedo pousado sobre a imagem brilhante da *Milano*. — Tenho uma pergunta antes de liberar você, sua tripulação e sua nave.

— Fico feliz em ouvir isso — disse ela. — E ficarei feliz em responder.

— O que é exatamente isso que vocês estão transportando pelos meus céus em caixas impossíveis de escanear? Porque, e isso não é uma acusação… — Z'Drut parou, com os olhos azuis fixos em Gamora. — Parece que meus inspetores ficaram com a impressão na cabeça de que vocês estão contrabandeando uma bomba de praga neurológica. E você deve compreender que eu teria uma *intensa* objeção quanto a isso.

CAPÍTULO QUATRO

Uma autodeclaração
Groot

Mais do que qualquer outra coisa, Groot era um observador. Quando observou Gamora caminhando em direção a eles no mesmo corredor ao longo do qual tinha desaparecido vinte minutos antes, daquela vez com um alienígena que ela apresentou como o imperador Z'Drut, dos espiralinos, Groot percebeu uma mudança na atitude dela. A consistência do comportamento gentil, quieto, mas pronto para atacar que ela apresentava tinha sumido, substituída por algo que Groot não reconhecia na guerreira zen-whoberiana: incerteza.

Quando Z'Drut falou, tirando as algemas e apertando cada uma das mãos com um aperto mais firme do que o esperado, considerando o tamanho relativamente diminuto do imperador, Groot também observou uma mudança sutil em seus amigos. Peter Quill e Drax relaxaram visivelmente ao trocar gentilezas com Z'Drut, e suas posturas rígidas ficaram mais casuais e confiantes. Groot não tinha certeza, mas depois do tempo que passara viajando com eles, acreditava que tinham ficado gratos em saber que eram *mais altos* do que o homem que os tinha aprisionado. Rocky, por outro lado, ficou ainda mais irritado, agarrando a mão de Z'Drut com um aperto de esmagar os ossos, sibilando um "Prazer em conhecê-lo, vossa alteza" por entre os dentes. Groot não precisava teorizar para entender que, ao contrário dos outros, Rocky considerava a aparência nada intimidadora do imperador como um insulto.

Por fim, quando Z'Drut explicou que pediria que seus guardas fizessem uma varredura mais detalhada nas caixas da entrega dos Guardiões, Groot percebeu uma profunda sensação de paz, ou algo parecido, no âmago do imperador. Ele falava devagar, propositalmente, pausando entre as palavras, às vezes por longos segundos, como se estivesse calmamente procurando a palavra que mais se adequava a seus pensamentos. Enquanto todos ao redor de Z'Drut o mediam, a maioria no sentido literal, o imperador estava completamente à vontade. Sem raiva, medo, receio, interesse... nada.

Groot *não* sabia o que fazer com aquilo.

— Venham — disse Z'Drut, dando um passo à frente dos Guardiões. Ele cruzou as mãos atrás das costas e passou pelas portas que davam para o prédio de marfim. Groot foi o primeiro a segui-lo. Juntos, saíram para o ar livre.

Ele não teve tempo de apreciar aquilo enquanto eram levados às pressas para a fortaleza de Z'Drut, mas o dia estava lindo. Os pés de Groot se enraizaram alguns centímetros no solo, tocando as raízes da delicada grama que abria caminho para fora da argila, que ele sabia ter sido destruída e semeada novamente várias vezes seguidas. Atos de grande violência tinham sido cometidos contra toda a vida daquele planeta. Estava no cerne até mesmo da menor semente do mundo. O trauma existente além do visível era algo que se ignorava facilmente; algo que se tornava intrínseco a tudo, uma parte essencial da própria tessitura do mundo.

— Ei, imperador — disse o Senhor das Estrelas, aproximando-se de Z'Drut, que olhava em direção à fornalha azul que brilhava no meio do pátio da prisão. — Seu pessoal vai ter cuidado com as nossas coisas, certo? Não quero criar caso, mas nossa carga é muito valiosa. Se entregarmos tudo quebrado, teremos um problema em mãos.

— Os thandrid sabem que devem ser cuidadosos com as posses dos outros — disse Z'Drut. — São uma raça cuidadosa... precisos nos pensamentos e ações.

— Eu sou Groot — disse Groot, olhando para o céu. Uma nave fina e plana, branca, exceto por uma faixa de luz azul ao redor de seu centro, entrou na atmosfera à distância.

Os olhos de Z'Drut moveram-se, seguindo o olhar de Groot. Depois, ele se virou para os outros.

— O que a árvore disse?

Rocky abriu a boca para protestar, mas Groot agarrou o focinho do amigo gentilmente com os dedos nodosos, abafando os xingamentos.

— Ele não é uma árvore — disse Drax. — Este é Groot. E ele disse "Eu sou Groot".

Groot olhou para Rocky, erguendo as sobrancelhas. O guaxinim se desvencilhou de suas mãos, zombando:

— Tá tudo bem, tá tudo bem — disse Rocky, voltando-se para Z'Drut. — O que a *árvore* disse, fedorento, é que há uma nave prestes a pousar ali. O que foi, pegou mais prisioneiros?

— Não, não — respondeu Z'Drut, com uma risada suave. — Aquela é uma nave espiralina, pilotada por thandrid. Desde que posicionamos a muralha drone, fazemos visitas diárias a nossos dois planetas vizinhos, apenas para garantir que não estamos atrapalhando nenhum de seus negócios. — Ele se virou para Gamora. — Como eu tinha dito... não estamos os isolando. Espero que isso prove a ausência de más intenções.

— Não sugeri que tivesse más intenções — disse Gamora. — Só perguntei.

— Ei, nós, há, mencionamos que estamos fazendo negócios com Bojai, certo? — disse o Senhor das Estrelas. — Quero dizer, acho que mencionamos. Não sei vocês, caras, mas em uma escala de um a dez, onde dez é o mais alto, estou me sentindo muito retido.

— Peço desculpas — disse Z'Drut, deixando escapar um suspiro profundo. — Gamora me garantiu que os caixotes não estão abrigando armas de destruição em massa e, uma vez que isso possa ser comprovado como verdadeiro, vou deixar vocês em paz e podem até esquecer o meu nome, se quiserem. Por outro lado, como espero que possamos nos separar em paz, estaria mais do que disposto a estender a oferta para que sua tripulação jante comigo assim que seus negócios em Bojai forem concluídos. Por mais que vocês possam não acreditar em mim depois de eu ter atrasado sua missão, estou honrado em ter os Guardiões da Galáxia dando o ar da graça em nosso planeta.

Enquanto eles falavam, Groot observava a nave espiralina começando a descer em uma suave queda vertical ao lado da fortaleza de Z'Drut. Ela estava próxima o bastante para que Groot a pudesse sentir emitindo uma brisa leve e fresca, que imaginava que os outros achariam imperceptível.

Gamora estreitou os olhos para Z'Drut.

— Como eu disse, estamos carregando um antídoto para o vírus que está afligindo os bojaianos. O conselho deles encomendou especificamente de Glarbitz, e tenho certeza de que poderia confirmar essa informação. O antídoto possui uma pequena dosagem do vírus, sim, mas mesmo que se abrisse, não seria prejudicial. Está quimicamente ligado a antígenos sintéticos que o impedem de ser contagioso nesta forma. Completamente seguro, e totalmente legal.

— E definitivamente nada explosivo — acrescentou o Senhor das Estrelas.

Groot observou uma escotilha se abrir no topo da embarcação já pousada. Com os olhos negros e brilhantes semicerrados para ver o primeiro thandrid saindo, Groot inclinou a cabeça para o lado. *Estranho*, pensou ele. O thandrid estava recuando, puxando algo pesado de dentro.

— Estou certo disso — disse Z'Drut. — Garanto a vocês que minha equipe, que agora está analisando mais profundamente, concluirá as varreduras mais rapidamente do que poderíamos esperar por uma confirmação de Bojai. Por favor, entendam que estou tentando colocá-los de volta em sua rota o quanto antes, e peço desculpas mais uma vez pelo atraso. Não deve demorar mais de uma hora. — Ele fez uma pausa, sorrindo suavemente. — Se tudo der certo, é claro.

Groot observou quando ficou claro o que o thandrid estava tirando da nave. Era *outro* thandrid, mole, com a bolsa de ar vazia pendurada na cabeça como um pano molhado. Groot abriu a boca para apontar aquilo para os outros Guardiões, mas ficou nervoso ao ver outro par de thandrid emergir da nave: um ferido ou morto, e um bem. Por fim, um quinto insetoide emergiu, este último andando sozinho, mancando ligeiramente. A escotilha se fechou com um silvo rápido atrás deles, e eles desapareceram na fortaleza de Z'Drut.

Groot voltou-se para o imperador:

— Eu sou Groot?

Z'Drut se virou para Rocky, direcionando a ele um sorriso tenso:

— E então?

Rocky olhou para Groot, que o encarou de volta, inclinando a cabeça ligeiramente para o lado. Com um gesto desdenhoso de sua pata, Rocky disse:

— Não se preocupe com isso. Ele disse apenas que o dia está bonito.

— Ah — respondeu Z'Drut. — De fato.

Rocky lançou um olhar de soslaio para Groot, que sentiu uma onda repentina de afeto por seu amigo peludo e desbocado. Ele não apenas conseguia entender sua fala, mas também entendia o *sentido*, uma distinção que Groot achava que poucos seres preciosos entendiam. Rocky sabia que Groot estava nervoso com o que tinha visto e que seria melhor esconder aquele fato por enquanto. Poderia muito bem existir uma explicação simples para o motivo de a equipe de thandrid retornar de uma visita supostamente pacífica aos planetas vizinhos com ferimentos que, para Groot, pareciam adquiridos em batalha, mas se ele tinha aprendido alguma coisa em suas constantes observações, era esta: são os governantes que sorriem ao falar que devem ser temidos.

CAPÍTULO CINCO

A VERDADE SOBRE A ESPERANÇA
Drax

A cada momento em que os Guardiões da Galáxia continuavam em Espiralite, Drax achava cada vez mais difícil não socar todos que pudesse ver pela frente. Seus músculos estavam tensos, doendo de vontade de deixar seus punhos voarem, de preferência em direção ao rostinho presunçoso de Z'Drut. Enquanto Drax observava o imperador alienígena, a apenas alguns metros de distância dele, falando com um trio de thandrid, imaginava o que faria ao nanico se ele tentasse aprisionar os Guardiões. A julgar pelo tamanho de Z'Drut, Drax imaginava que um único soco enviaria o atarracado imperador deslizando pelo chão como uma bola de palha carregada pelo vento.

Drax sorriu para si mesmo e resmungou uma risadinha.

— Tá achando isso engraçado? — sibilou Rocky. — Olhe lá para eles. Estão conversando há um tempão. Se aqueles palhaços planejassem nos deixar partir, já teríamos ido embora!

Na verdade, haviam se passado uns bons vinte minutos desde que os thandrid tinham retornado de uma varredura profunda nas caixas dos Guardiões. Eles tinham chamado o imperador Z'Drut de lado, e o grupo estava conversando. Bem, Z'Drut falava enquanto os thandrid, presumiu Drax, comunicavam-se com ele de forma não verbal, durante um tempo desconfortavelmente longo.

— Estava imaginando quão longe esse imperador patético voaria se eu o acertasse — disse Drax, com os olhos brilhando de alegria. — Talvez um *chute* o tirasse completamente de vista.

— Sabem, eu estava totalmente tranquilo em cooperar com esses caras no começo, mas estou começando a achar que Drax tem razão — disse o Senhor das Estrelas. — Talvez seja hora de começar a dar uns pontapés.

— Espere um pouco — disse Gamora. — O que eles poderiam ter encontrado em nossa carga que os faria querer nos manter aqui, antes de tudo? Os remédios vão passar na varredura. Calma.

— Ééé, talvez sim — disse o Senhor das Estrelas. — Mas dizer "tudo certo com a carga" leva meia hora?

— Você está exagerando — disse Gamora. — Acredite em mim, já pensei no que aconteceria se as coisas não dessem certo. Vamos lembrar por um segundo que somos cinco em um planeta cheio de thandrid.

— Deixe que enviem suas legiões — disse Drax. — Os Guardiões da Galáxia não se curvam a ninguém. Se os thandrid atacarem, vamos amassar seus rostos de molusco e arrancar suas bolsas de ar antes que possam encostar um dedo em nós. Com o que sobrar de suas bolsas de ar vazias em nossas mãos, vamos destruí-los e clamar a vitória!

Rocky ergueu uma sobrancelha peluda:

— Você é um verdadeiro poeta com as palavras.

— Eu sou Groot — disse Groot, gesticulando com seus galhos. Ele apontou para a nave thandrid que pousara pouco antes, e depois para Rocky.

— Uma ótima ideia — disse Drax. — Aquela nave deve ter um sistema de armas. Vamos embarcar nela, incinerar todos que estiverem em nosso caminho, retomar a *Milano* e sair deste buraco infernal.

— É, não passou nem perto do que ele disse — disse Rocky. — Mas boa tentativa. Groot concorda comigo. Tem alguma coisa errada.

— Groot, isso é verdade? — perguntou Gamora.

Groot estendeu um galho, inclinando-o de um lado para o outro.

— Eu sou Groot.

— *Mais ou menos?* — repetiu Rocky, incrédulo. — Como assim, *mais ou menos*?

— Eu sou *Groot* — disse Groot, apontando para a nave mais uma vez.

— Podemos voltar a falar sobre o roubo da nave? — disse Drax.

O Senhor das Estrelas encolheu os ombros:

— Pra falar a verdade, não estou detestando essa ideia. Boa, Groot. Vamos roubar a nave.

Groot suspirou profundamente, voltando-se para Rocky.

— Tá bem. Tá bem, eu falo pra eles — disse Rocky. Ele olhou para Z'Drut, que ainda conversava com os thandrid. Rocky baixou a voz para um sussurro: — Groot acha que há algum tipo de conflito acontecendo, talvez entre Espiralite e Bojai. Isso explicaria por que Z'Drut está nos segurando aqui.

— O que faz você pensar isso? — perguntou Drax.

— Bem, enquanto estávamos ocupados conversando com o Imperador Nanico, Groot notou alguns thandrid feridos sendo arrastados para fora da nave — disse Rocky. — As bolsas de ar deles estavam penduradas, murchas e tal, e eles estavam um tanto arrebentados, tipo com ferimentos de batalha.

— Me pergunto que som essas bolsas de ar fariam se eu as estourasse — disse Drax, inclinando o queixo. — Seria um estrondo, como um tiro, ou um *pfffft* como um... — Drax parou e soltou uma risada alta.

— Certo. Piadas de peido à parte — disse o Senhor das Estrelas —, embora eu sempre aprecie uma boa, vamos dar os devidos méritos a Drax... se Espiralite está em guerra com o planeta em que estamos tentando chegar, isso pode ser um problema. Seria um grande motivo para eles nos impedirem de entregar medicamentos, hein?

— Eu sou Groot.

— Ele disse que não tem certeza, então não faça nenhuma loucura — disse Rocky. — Mas estou começando a achar que *não* entrar em ação é que é loucura. Nós somos a droga dos Guardiões da Galáxia. Vamos simplesmente deixar que esses idiotas nos façam ficar esperando o tempo que quiserem? Ah não. Eu não. Não quando nosso dinheiro está em jogo.

— Olhem — disse Drax, apontando para Z'Drut que, acompanhado pelo grupo de thandrid, se aproximava lentamente. — Preparem-se, amigos. No momento em que a primeira das bestas respirar, vou mergulhar meu punho em seu rosto de molusco e...

— Não! — sibilou Gamora, cutucando Drax no peito. — Sem caras de molusco. Sem estourar as bolsas. Lembrem-se, estamos cercados por uma muralha de drones camuflados poderosos o bastante para ocultar um sistema solar inteiro.

— Um sistema solar pequeno — disse o Senhor das Estrelas.

— Não seja pedante — disse Gamora. — Não vamos nos garantir uma morte prematura porque não conseguimos esperar mais cinco minutos, está bem?

Drax resmungou baixinho.

— Tá bem — disse Rocky, falando apressadamente enquanto os alienígenas se aproximavam. — Mas se eles tentarem nos prender...

— Então vamos descobrir — disse Gamora.

— Descobrir o quê? — perguntou o Senhor das Estrelas.

Gamora sorriu.

— Se faz *bum* ou *pffft*.

Um sorriso cheio de dentes surgiu no rosto de Drax.

— Sim, eu concordo com esse plano.

— Vocês parecem bastante... entretidos — disse Z'Drut, parando diante deles. Estava calmo como sempre, não totalmente sem emoção, mas certamente indecifrável. — Fico satisfeito em saber que o tempo que passaram em Espiralite não diminuiu sua animação.

— Não vejo por que teria — disse o Senhor das Estrelas. — A menos que haja algum problema.

A expressão plácida de Z'Drut não vacilou. Ele ficou em silêncio por um momento, e Drax precisou de cada grama de autocontrole para não enfiar sua bota no queixo do baixinho.

Drax mantinha o controle, mas ainda estava tenso, esperando pelo que sabia que estava por vir. Ele soube, assim que pousaram pela primeira vez, que aquela não era uma parada casual, que havia algo errado com aquele planeta. Drax tinha viajado por todo o universo com a família que encontrara no Senhor das Estrelas, Gamora, Rocky e Groot, e por mais que tivessem vivido grandes momentos e aventuras, também tinham visto as coisas mais sombrias e terríveis das quais as pessoas eram capazes. Civilizações caídas, genocídio, escravidão. Drax tinha visto de tudo. Não conseguia definir o que exatamente o imperador Z'Drut e seus capangas thandrid tinham em mente para os Guardiões, mas de uma coisa ele tinha certeza: não seria nada de bom. Com as ideias de Groot sobre os thandrid com ferimentos de batalha em mente, Drax começou a juntar as peças do plano de Z'Drut. Ele com certeza tinha destruído a carga depois de descobrir o que ela era na verdade, e agora tentaria aprisionar, ou até mesmo executar, os Guardiões. Drax cerrou os punhos, pronto para atacar.

— Vocês têm a minha benção para seguir seu caminho — disse Z'Drut, estendendo a mão para o Senhor das Estrelas. — Sinto muitíssimo por atrasar vocês. Façam uma viagem segura.

— O quê? — gritou Drax, olhando para Z'Drut, que se engasgou como se tivesse sido atacado.

— Uau! Há! — disse o Senhor das Estrelas, empurrando Drax de lado com uma das mãos e aceitando o cumprimento de Z'Drut com a outra. — Desculpe, Drax só está animado. Todos nós estamos. Não quer dizer que não gostamos do seu planeta, imperador, nós apenas...

— Claro — disse Z'Drut, oferecendo um breve sorriso. — Entendo. Como disse, se vocês tiverem tempo e interesse depois de passarem em Bojai, minha oferta permanece: um banquete, aqui, em homenagem aos Guardiões da Galáxia.

— Obrigada — disse Gamora, também apertando a mão dele. — Espero que possamos aceitar tal oferta. Eu adoraria conhecer mais alguém do seu povo, de quem você falou tão bem. Outros espiralinos além de você também seriam convidados, imagino?

Z'Drut piscou.

— Certamente.

Por fim, enquanto Z'Drut continuava a descrever a comida que prepararia para o banquete, que parecia excepcionalmente desagradável para Drax, a *Milano* deslizou pelo céu acima deles e pousou perto da nave thandrid.

— Precisamos verificar as caixas — disse Drax a Rocky, enquanto Z'Drut e o Senhor das Estrelas trocavam gentilezas. — Não confio nos caras de molusco, nem no imperador. Tem alguma coisa errada.

— Sim, vamos verificar — respondeu Rocky. — Mas talvez estivéssemos apenas errados, amigo. Às vezes as pessoas são apenas paranoicas, acho.

Enquanto seus amigos voltavam para a *Milano*, Drax olhava para os thandrid, seus rostos se abrindo e fechando a cada respiração ofegante. O Imperador Z'Drut estava diante deles, acenando em despedida aos Guardiões enquanto eles embarcavam na nave. No passado, quando ele era um homem diferente, antes de conhecer os Guardiões da Galáxia, antes de dedicar sua vida à vingança, antes de sua família ser assassinada em nome de Thanos, talvez Drax esperasse estar errado sobre suas dúvidas, que Z'Drut fosse apenas um governante paranoico que fizera uma aliança incômoda para proteger seu povo do sombrio abraço da extinção... talvez esperasse que deixaria o planeta com seus amigos e que tudo sairia de acordo com o plano dali em diante.

Mas esperança era algo que Drax tinha deixado para trás há muito tempo.

— Adeus — exclamou o imperador Z'Drut. — Que vocês cheguem em segurança!

Drax gritou de volta:

— Vou garantir que sim.

Ele sustentou o olhar do imperador com os olhos semicerrados por um momento prolongado, antes de se virar para ir até os outros.

O Senhor das Estrelas fechou a escotilha atrás de Drax, que examinava o compartimento de carga.

— Está tudo bem. Sem danos — disse Quill.

Drax resmungou.

— Eu sou Groot — disse Groot.

— Não sei, amigo — disse Rocky. — Presumir que haja uma guerra é um grande salto, não é? Pelo menos vamos sair daqui rumo ao nosso futuro podre de rico.

— Talvez — disse Drax.

Do outro lado do compartimento de carga, Gamora olhou para Drax. Sem palavras, ele poderia dizer pela expressão quieta e pensativa dela que, apesar de sua troca de gentilezas com Z'Drut e o desejo de manter a paz, ela também sabia que algo sombrio estava acontecendo em Espiralite. O Senhor das Estrelas, Rocky e Groot também tinham perdido muito em suas vidas, mas se apegaram àquela coisa imaterial e calorosa: a abençoada ingenuidade da esperança. Drax os invejava, e acreditava que Gamora também. Como alguém poderia não invejar aquilo?

A esperança era um sonho lindo, mas já fazia muito tempo que Drax não tinha nada além de pesadelos.

CAPÍTULO SEIS

Doença na cabeça
Senhor das Estrelas

Enquanto a *Milano* descia na atmosfera de Bojai, o Senhor das Estrelas estava no centro da cabine de comando, com as mãos na cintura e um sorriso estampado no rosto. Ele respirou fundo pelo nariz.

— Estão sentindo esse cheiro? — perguntou ele.

— Não fui eu — disse Rocky, acionando a marcha que desacelerou a nave para a descida final.

— O quê? Não — disse Quill, acenando para ele. — *Dinheiro*. Consigo sentir o cheiro daqui. Pilhas e pilhas de dinheiro, pessoal. Pilhas e pilhas.

— Como você consegue sentir o cheiro do dinheiro daqui? — perguntou Drax, balançando a cabeça. — Estamos a quilômetros do ponto de encontro e essa nave cheira a suor, gordura e pelo molhado.

— Eu... eu não consigo literalmente sentir o cheiro, Drax — disse o Senhor das Estrelas. — Qual é, cara. Achei que estava ficando melhor nisso.

— Drax está de mau humor desde que deixamos Espiralite — disse Rocky. — É por isso que estou ignorando aquele comentário sobre pelo. Você ganhou um passe livre, grandão. Só desta vez.

— Eu sou Groot? — disse Groot, dando um tapinha nas costas de Drax.

— Não preciso dos seus galhos reconfortantes! — disse Drax, levantando-se. — Estou pensativo.

— Sério? — perguntou o Senhor das Estrelas. Quando Drax lhe lançou um olhar, ele ergueu as mãos, deixando escapar uma risadinha. — Desculpe! Sem ofensas, cara. Não quis que parecesse que eu estava falando sério.

— Não vou nem tentar entender o sentido dessa frase — disse Gamora.

— Ei, gente! — disse o Senhor das Estrelas, olhando de Gamora para Drax. — Estou sentindo um clima pesado vindo de vocês dois. Estou errado? Está acontecendo alguma coisa? Por que você está brava comigo? O que foi que eu fiz, agora?

— Nem tudo é sobre você, Quill — respondeu Gamora. — Drax e eu compartilhamos uma preocupação sobre Espiralite.

— Quêêê? — perguntou ele, balançando a cabeça. — Fala sério! Estou mais do que pronto para esquecer daquele lugar. Vocês não podem estar pensando em ir ao banquete de Z'Drut e comer aquela comida assustadora, né? Vocês se lembram de como ele descreveu a especialidade de seu chef como "uma carne cremosa, gelatinosa e azeda"? Porque se vocês gostam de carne cremosa, posso deixá-los no caminho para o planeta paradisíaco mais próximo.

— Sinto que nossos problemas estão longe de terminados — disse Drax. — Se voltarmos para um banquete em Espiralite, creio que não será um banquete de comida. Será um banquete... — Drax fez uma pausa, olhando do Senhor das Estrelas para Gamora, Groot, Rocky e de volta para Quill. — ... de *morte*.

O Senhor das Estrelas bufou alto enquanto tentava abafar uma risada. Rocky, por outro lado, nem tento. Jogou a cabeça para trás, rugindo de tanto rir enquanto a função de pouso automático da *Milano* assumia o controle.

— Banquete de morte! — gritou Rocky. — Essa é a melhor coisa que você já disse, Drax.

— É um baita nome de banda — disse o Senhor das Estrelas, juntando-se a Rocky em suas risadas.

— Um banquete de morte não é brincadeira — rugiu Drax.

— Apenas certifique-se de não partir antes da sobremesa da perdição! — acrescentou Rocky. Ele e o Senhor das Estrelas riram mais ainda, enquanto Drax, Groot e Gamora se levantavam, olhando para eles.

— Aaah, fala sério! — disse o Senhor das Estrelas, parando de rir. — Até você, Groot?

— Eu sou Groot.

— Gente, nós saímos de lá — disse o Senhor das Estrelas. — Eles nos deixaram partir. Sim, foi um pé no saco, mas aqui estamos. Os Guardiões da Galáxia, caminhando pelas ruas cruéis de Bojai, prestes a coletar um dinheiro vivo bacana. Bons momentos, não?

— Às vezes — disse Gamora — eu sinto vontade de bater em você. Com força.

— Consigo entender — disse o Senhor das Estrelas. — Mas que tal vocês três pararem de ser tão amargos e irmos coletar nossa recompensa? E se alguma coisa acontecer? Porque talvez vocês estejam certos, talvez aconteça, aí nós lidamos com o problema. É assim que fazemos.

Gamora olhou para Drax e Groot, e depois relaxou um pouco, deixando escapar um suspiro.

— Certo. De acordo. Coletamos a recompensa, mas depois não paramos. Nada de ficar por aí. Sem bebida e sem *garotas*, Peter. Vamos embora. Se passarmos por aquela muralha de drones sem incidentes, vou baixar a guarda. Mas até então, estamos trabalhando.

— Apenas trabalhando — disse Quill, liderando o caminho em direção à escotilha. — Certo. Então fazemos a entrega, pegamos o dinheiro, e depois, o que foi que você disse? "Encontramos o bar mais próximo", certo?

— Eu juro que... — começou Gamora.

— Brincadeira! — interrompeu Quill. — Brincadeira. Concordo com você. Totalmente.

Ele puxou a trava para abrir a escotilha, e eles foram banhados pela luz laranja-avermelhada de Bojai, que lançava um brilho quente sobre a *Milano*. A atmosfera do planeta era densa, por isso eles ainda não tinham visto muito da superfície, mas ela era impressionante de perto. A vegetação se estendia diante deles em um campo amplo, exuberante e alto, mas não era a simples terra verdejante que esperavam ao observar o planeta em seus mapas. Agora que estavam perto, viram que a grama brilhava com uma luz ígnea, com brilhantes de orvalho dourado em cada folha âmbar. O Senhor das Estrelas tinha lido sobre aquilo no perfil do planeta: seu pólen era bioluminescente, permitindo que grande parte do planeta usasse cem por cento de iluminação natural, embora seu vizinho maior, Incarnadine, travado em órbita entre Bojai e a estrela do sistema, bloqueasse a maior parte da luz do sol.

Era tão bonito que o Senhor das Estrelas quase esqueceu o motivo de estarem ali: o fato de que uma parte da população estava sofrendo de uma praga neurológica que nenhum remédio conhecido em seu mundo era capaz de tratar. Mesmo assim, Quill sentia que aquele lugar era muito diferente de Espiralite, em todos os melhores aspectos. Esperava que aquilo ao menos deixasse seus amigos mais à vontade.

Se não conseguisse, talvez o pagamento o fizesse.

— Venham — disse ele, entrando no campo. — Vamos ganhar uma quantidade absurda de dinheiro.

As coisas estavam indo bem em Bojai até que os cães de seis bocas atacaram.

Não era apenas a vegetação bioluminescente que fazia de Bojai um belo planeta. Ao contrário do relativamente nu Espiralite, Bojai estava repleto de formas de vida, de bojaianes sencientes — a raça dominante do planeta — a muitas formas de vida selvagem. As várias espécies viviam juntas em uma metrópole vegetal não muito distante de onde os Guardiões aterrissaram a *Milano*. Havia grandes cidades espalhadas por todo o planeta que, até onde o Senhor das Estrelas sabia, tinham sido cultivadas organicamente a partir da flora natural do planeta. Prédios e casas eram feitos de árvores altas e sinuosas, que se entrelaçavam criando cestos de madeira e folhas, e vinhas grossas e resistentes formavam pontes que se estendiam entre as cidades. Eram incrivelmente belas e, fora alguns dispositivos simples que faziam o Senhor das Estrelas se lembrar dos celulares da Terra, relativamente livres da tecnologia que costumava ser a característica definidora da maioria das civilizações avançadas.

A espécie dominante, bojaianes agêneres[1], era alte e graciose, com características que faziam Quill pensar nos elfos dos livros de fantasia que costumava ler quando criança. Tinham as maçãs do rosto altas e as sobrancelhas curvadas em uma crista de chifres afiados, coloridos e venenosos que poderiam parecer ameaçadores em qualquer outra espécie, mas que pareciam elegantes naqueles seres andróginos de mais de dois metros de altura. O Senhor das Estrelas tinha

---
[1] Para nos referirmos a personagens bojaianes, que não têm distinção de gênero, optamos por utilizar o Sistema Elu de linguagem neutra em gênero. (N. E.)

visto apenas ume bojaiane antes de chegar ao planeta, e apenas através da tela de comunicação da *Milano* — Ume des médiques chefes, Kairmi Har, estava procurando uma nave que transportasse suprimentos médicos de Glarbitz, já que seu povo não tinha a tecnologia para viagens espaciais de longa distância, e as naves de Glarbitz não tinham permissão para entrar no sistema de Bojai por causa de um antigo tratado com Incarnadine. Kairmi Har fez a situação em Bojai parecer terrível, dizendo ao Senhor das Estrelas que muitos habitantes das cidades exibiam sintomas de psicose repentina. Era generalizado, e Kairmi acreditava que fosse contagioso. O medicamento de Glarbitz, que todos os Guardiões tinham tomado como medida preventiva, era um soro que deveria ser injetado na têmpora. Se administrado de maneira rápida e correta, antes que ocorressem danos ao tecido profundo do cérebro, o soro o restauraria ao seu estado saudável sem qualquer perda de memória.

Mas a Bojai que o Senhor das Estrelas via não parecia estar em crise. Em vez disso, as pessoas pareciam estar em paz de uma maneira quase inquietante. Nenhuma delas parava para observar os Guardiões enquanto eles atravessavam a metrópole vegetal durante o dia. Quill suspeitava que talvez fosse algum aspecto cultural, que poderiam achar rude ficar encarando estranhos… mas ele andava ao lado de um guaxinim bípede, uma árvore com rosto, um bíceps senciente e a filha de Thanos, em um planeta que não parecia receber muitas visitas. Eles mereciam, no mínimo, alguns olhares de esguelha.

O Senhor das Estrelas não pensou muito naquilo, entretanto. Por mais estranho que fosse, ele não sentia nenhuma hostilidade por parte dos habitantes, o que era uma grande mudança de ritmo, considerando a experiência que acabara de ter com os thandrid. Ele não foi tão fatalista quanto Drax em relação ao interrogatório em Espiralite, mas já tinha apanhado o suficiente para reconhecer agressividade, e os thandrid a exalavam. Tinha ficado feliz por estar fora de Espiralite e muito mais perto de encontrar Kairmi Har e seu dinheiro, cara a cara.

Enquanto caminhavam pela cidade, o Senhor das Estrelas se maravilhava com os edifícios ao redor deles, feitos de árvores que se erguiam no ar, altas como arranha-céus, com as cascas revestidas por linhas de seiva dourada. Uma vez em espaço aberto e longe das pastagens nebulosas, podiam ver Bojai estendendo-se diante deles em toda sua glória natural. A cidade era limitada por duas regiões aparentemente desabitadas, o campo em que tinham pousado e, à distância, uma área ainda mais densa de campinas e florestas. Ambos eram delimitados por lagos azuis de água doce que iam até onde a vista alcançava. No horizonte distante e nebuloso, se Quill estreitasse os olhos, poderia ver as vagas formas de paisagens urbanas, mas mesmo elas pareciam ser mais do que já tinham visto: abrigos cultivados em vez de construídos.

— Cara — disse o Senhor das Estrelas. — Eu poderia passar um tempo aqui. O lugar é incrível.

— Sim, um estouro — disse Rocky, observando ume bojaiane que passava. — Amo ser olhado como se eu fosse invisível. É ótimo.

— Você é incrivelmente pequeno — disse Drax. — Talvez realmente não estejam enxergando você.

— Conseguem enxergar isso? — rosnou Rocky, fazendo um gesto obsceno para Drax.

— Vamos lá, cara, você deveria estar nos guiando — disse o Senhor das Estrelas para Rocky, que pegou uma versão portátil do sistema de mapas da *Milano*, programado para levá-los até a base de Kairmi.

— Estou guiando — disse Rocky. — Também estou observando. Deixe-me ser multitarefa.

— Estamos chegando perto?

— Sim — disse Rocky, apontando o dispositivo para um aglomerado de quatro árvores entrelaçadas à distância. — Parece que está bem à frente.

— Espero que não estejam, tipo, surtando porque não chegamos na hora marcada — disse Quill. — O fato de não terem permissões consistentes de comunicação nesse planeta *não* ajuda em nada.

— Concordo — disse Gamora. — Não esperaria um governo totalitário em um planeta tão bonito, mas acho que seja bobagem julgar.

— Assim, essa galera não é *oficialmente* totalitária, é? — perguntou Quill. — O perfil do planeta diz que elegem representantes.

— Essas duas ideias não são mutuamente exclusivas — disse Gamora. Quando é que um planeta tem a capacidade de alcançar todo o universo, mas limita isso ao pedido de ajuda vindo de um único médico? Essa passividade é hostil. Confie em mim. Conheço um governo totalitário e, se esse não é um, está muito próximo. Nada de bom resulta disso.

O Senhor das Estrelas ponderou as palavras dela enquanto caminhavam. Não duvidava de Gamora, e contemplou as dificuldades desnecessárias de lidar com um planeta que não era capaz de se comunicar com eles durante a viagem. Parecia um grande problema sem motivo, mas ele sabia que certos planetas tinham suas razões para limitar as comunicações com os outros. Com os complicados tratados de Incarnadine e com Espiralite lutando contra invasões constantes, ele imaginou que Bojai estaria em uma posição complicada, uma posição que exigiria autossuficiência até um momento em que, como aquele, precisasse de alguma ajuda externa.

À medida que se aproximavam do edifício de quatro árvores, a densidade de bojaianes diminuía. Ainda havia algumes andando, mas nada como no centro da cidade. Ali estava mais quieto. O som do vento assobiando entre as folhas preenchia o vazio ao redor.

— Como esperam que entremos em suas instalações? — perguntou Drax, apontando para a estrutura.

Groot fez um movimento de escalada.

— Eu sou Groot?

— Não, olhem — disse o Senhor das Estrelas, apontando para a árvore maior, que ficava no centro. Uma videira espessa se enrolava em seu tronco, subindo ao redor dela até desaparecer em uma cesta de vegetação no topo. — Acho que é só caminhar ao longo daquilo.

— Tô dentro — disse Rocky. — Mas é melhor que Kairmi esteja lá. Não vou fazer toda essa caminhada se o expediente já tiver terminado.

O Senhor das Estrelas começou a responder, mas suas palavras ficaram entaladas na garganta quando ele viu um vulto escuro saltar das sombras de uma das árvores próximas e pousar diante deles. Os Guardiões ficaram imediatamente em guarda, prontos para atacar quando a criatura se aproximou.

Ela se parecia muito com um cão da Terra, mas em vez de um focinho gelado, uma língua para fora da boca, olhos amáveis e orelhas caídas, tinha seis conjuntos de mandíbulas que se projetavam em direções diferentes por todo o rosto. Ela rosnou, rangendo seus muitos conjuntos de dentes, agachando-se enquanto encarava os Guardiões, como se estivesse prestes a dar um bote.

Rocky sacou uma espingarda de eletropulso com o comprimento de um taco de beisebol da presilha em suas costas. Ele a apontou para o cachorro, que deu um passo ameaçador em sua direção.

— Ei, ei, olha aqui — disse Rocky, firmando o braço. — Eu juro, bola de pelo... você não vai querer fazer isso.

— A criatura está doente? — perguntou Drax. — Será que essa praga psicológica evoluiu para algum tipo de... pandemia de *bocas*?

— Não — disse Gamora. — Já vi uma dessas antes. Ume bojaiane estava lhe dando raízes para comer. Parecia domesticada.

A criatura rosnou, suas bocas estalando para Rocky.

— Há, estou achando que esta *não* é domesticada — disse o Senhor das Estrelas.

— Estou falando pra você, nervosinho — disse Rocky, com o cano de sua arma a poucos centímetros da cabeça da criatura. — Se eu fosse uma aberração de seis bocas como você, olhando para uma arma como esta, empunhada por um cara como eu... Acharia melhor recuar. Na verdade, eu daria meia-volta e...

Rocky atingiu o chão antes que pudesse terminar de falar, quando outro cão de seis bocas se chocou contra ele. O cão agarrou Rocky, que ergueu a espingarda e a enfiou na boca da criatura. A fera se chacoalhou antes que Rocky conseguisse atirar, arremessando o guaxinim para longe.

— Cuidado! — gritou o Senhor das Estrelas para Gamora, quando o primeiro cão saltou na direção dela. Quill agarrou o tronco largo da criatura corpulenta que tentava morder Rocky e a arrancou de cima de seu amigo.

Ainda segurando o cão que se debatia, o Senhor das Estrelas sentiu o impacto de algo pesado e denso em suas pernas, que o fez cair no chão. Por um momento, ele pensou que o primeiro cão tinha mudado de direção para o emboscar, mas ficou alarmado ao perceber que duas novas daquelas criaturas estavam se preparando para morder suas pernas.

Com toda sua força, o Senhor das Estrelas empurrou o cachorro maior contra os outros dois e bateu as pernas, acionando suas botas a jato. Disparou para o ar, evitando por pouco que seu traseiro fosse mordido pela boca que se projetava do queixo de um dos animais. De cima, com uma visão melhor da cena, ele viu que havia pelo menos dez daquelas criaturas atacando seus amigos. Seus companheiros estavam dando conta ("Porque é *isso* que os Guardiões fazem", pensou ele) e não teriam problema algum em superar a ameaça, mas aquilo não tornava menos estranho o ataque repentino, em plena luz do dia, em uma cidade grande.

Ele sacou uma de suas metralhadoras do cinto e a carregou com um cartucho de concussão. O Senhor das Estrelas estava plenamente consciente de que os cães de seis bocas estavam tentando transformá-los em cadáveres desmembrados, mas mesmo assim achava que atirar para matar contra um cachorro seria baixo demais.

Enquanto Groot acertava as criaturas com seus membros, Rocky disparava rajadas de energia de sua arma, Gamora executava chutes giratórios impressionantes e Drax liberava todos aqueles socos devastadores que queria tanto ter distribuído em Espiralite, o Senhor das Estrelas mirava alguns poucos tiros bem-posicionados nas criaturas. No começo, apesar dos ataques dos Guardiões, os cães lutaram, mas assim que ficou claro que estavam apanhando mais do que conseguindo morder, eles recuaram com uivos ferozes e rosnados. Drax deu um último soco no maior deles, que foi tirado do chão e caiu na floresta além do centro médico com um baque pesado.

— Passou da conta, cara — disse Quill, do alto, enquanto observava os cães fugindo.

— Estava precisando disso — disse Drax, batendo no peito. — Imaginei o pequeno imperador recebendo meus golpes enquanto atacava. Foi gratificante. Estou satisfeito!

O Senhor das Estrelas pousou ao lado de Gamora e guardou sua arma no coldre.

— Que diabos acha que foi isso? — perguntou ele.

— Estamos em um ambiente de transição. A civilização e os territórios selvagens parecem se sobrepor aqui — respondeu ela. — Nem sempre é uma boa ideia.

— Estranho — disse ele, coçando a nuca. — Estão todos bem?

— Bom, não tenho certeza se chamaria isso de estar bem. Estou coberto de baba — disse Rocky. — Completamente coberto dela. Animais imundos.

— É, também não virei fã — respondeu Quill. — Vamos nos apressar e pegar nosso dinheiro. Não estou muito à vontade nesse lugar.

— É lindo — disse Gamora. — Mas concordo. Isso foi estranho. E pior ainda... não estamos longe da cidade e acabamos de ter uma briga com os animais de estimação dessas pessoas na frente de um hospital. Por que ninguém veio ver o que estava acontecendo? *Isso* é inquietante.

— Sim — disse Rocky, curvando o lábio para cima. — Estou inquieto. E coberto de baba. Já falei da maldita baba? Quer falar sobre algo inquietante? *Isso* é inquietante.

— Sim, é estranho. A baba não, ela é bastante normal no nosso caso. Supere, Rocky. As pessoas aqui parecem meio... distantes, eu diria? — disse o Senhor das Estrelas.

— Para dizer o mínimo — respondeu Gamora.

— Zumbis — disse Rocky. — Um planeta cheio de zumbis.

— Bem, esses zumbis estão prestes a nos pagar uma quantidade pecaminosa de dinheiro, então não vamos ficar gritando sobre o quanto são estranhos. Vamos apenas torcer para que essa seja a última coisa *inquietante* que aconteça hoje — disse o Senhor das Estrelas, pisando na videira. — Porque, e eu nunca disse isso antes, mas estou ansioso para um descanso chato e normal, sem surpresas de seis bocas, começando logo.

Os Guardiões da Galáxia subiram pela videira e entraram nas instalações de Kairmi Har sem serem atacados por mais cães de várias bocas. Na subida, Rocky se ocupou em criar teorias em voz alta sobre como as criaturas conseguiam enxergar bem o bastante para atacá-los:

— Ecolocalização? Não, de jeito nenhum. Estavam rosnando mais alto do que o estômago de Drax está roncando agora.

Você precisa ficar bem quieto para que algo assim funcione. Como eles poderiam... Ah! Prestem atenção, talvez eles tenham um monte de olhos microscópicos nas línguas deles? Hein? É possível?

As instalações de Kairmi eram ainda maiores do que Quill pensava que seriam. Por dentro, era mobiliada e de aparência quase moderna, com sistemas de computadores holográficos de alta tecnologia e iluminação azul que fazia o Senhor das Estrelas se lembrar de Espiralite, muito distante da beleza natural de seu exterior. Havia bojaianes perambulando pelo escritório, fazendo seus trabalhos com olhares entediados e vazios em seus rostos, mas nenhum parecia ter interesse em ajudar a orientar os Guardiões sobre onde ir.

— Terra dos zumbis — disse Rocky.

— Como eu disse — disse Gamora, cutucando Quill nas costelas com o cotovelo. — Um planeta belo não faz um povo feliz.

— Nem uma praga — disse ele. — Caramba, gente, o que vocês estavam esperando?

— Um "olá", talvez — disse Gamora. — Isso é estranho.

— Sabe, vocês e essa coisa de "todo planeta que não é normal é estranho"! Eles deveriam ser estranhos! Somos estranhos para eles. Vocês são estranhos para mim. Vamos apenas *pedir* ajuda para alguém, tá bem? — disse o Senhor das Estrelas.

Gamora acenou com a cabeça.

— Certo. Vá em frente.

Após dar uma boa olhada nos bojaianes dentro da sala, o Senhor das Estrelas se aproximou de quem era mais atraente entre o grupo. Tinha os chifres iridescentes, brilhando em roxo e azul, e os olhos negros reluzindo com pequenos toques coloridos.

— Com licença — disse o Senhor das Estrelas. — Com licença, senhorita.

— Senhorita não — respondeu a pessoa.

— Opa. Foi mal. Senhor, então, estamos procurando por...

— Senhor não — tornou a responder.

— Ah, desculpe. Certo. Esqueci — disse o Senhor das Estrelas —, estou um pouco confuso. Fomos atacados por algumas criaturas não muito divertidas do lado de fora e sabemos que estamos um pouco atrasados..., mas você acha que poderia nos apresentar a Kairmi Har? Ele deveria estar nos esperando.

Elu não respondeu. Quill olhou para seus amigos, mas logo percebeu que todes ês outres bojaianes na sala olhavam para eles com olhos mortos e sem emoções. Ele começou a se preocupar com a possibilidade de que a praga estivesse pior e muito mais disseminada do que quando o planeta os contatou.

Ê bojaiane diante do Senhor das Estrelas inclinou a cabeça e, por fim, falou:

— Atrasados?

— Sim. Quer dizer, eu acho. Certo? — disse Quill. — Talvez tenhamos confundido o tempo neste lugar. Mas Kairmi está aqui, certo?

Elu acenou com a cabeça e esticou um longo e gracioso braço na direção de uma abertura na sala principal, que levava a um pequeno corredor.

— Kairmi está ali.

— Certo — disse o Senhor das Estrelas. — Obrigado. — Ele se virou para os amigos, murmurando a palavra "eita" enquanto eles o acompanhavam através da abertura e do corredor, que era revestido com paredes marrons escuras. No fim do corredor havia duas salas. Ambas as portas estavam abertas.

— Tenho que dizer — disse Rocky. — O pessoal daqui? Não é muito prestativo.

— Eu sou Groot — concordou Groot.

— Já chega! Fomos presos e não batemos em ninguém. Fomos atacados e não matamos. Agora recebemos *instruções vagas*? Não vou tolerar essa última ofensa — disse Drax. Ele inclinou a cabeça para trás e berrou. — Kairmi Har! Estamos aqui, e agora é hora de aceitarmos suas concessões financeiras!

— Calma, gente — disse o Senhor das Estrelas. — Acho que podem estar infectados.

— Estava pensando a mesma coisa — disse Gamora. — Presumimos que a praga seria visivelmente incapacitante, mas talvez seja isso. Talvez ela transforme quem se infecte em zumbis sem emoções.

— Pobres idiotas. Ei, o que vocês me dizem, se Kairmi não sair em dez segundos, começamos a entoar "concessões financeiras", hein? — sugeriu Rocky.

Antes que o Senhor das Estrelas pudesse responder, a pessoa de Bojai que ele realmente reconheceu de sua tela como sendo ê médique Kairmi Har saiu do escritório à direita. Seus chifres eram pálidos como criolita e seus traços eram ainda mais esguios do que da maioria des bojaianes. Kairmi parou no corredor estreito e olhou para os Guardiões, franzindo as sobrancelhas.

— Algum de vocês chamou meu nome? — perguntou.

— Sim — disse Drax. — Eu sou Drax, o Destruidor.

— E eu sou o Senhor das Estrelas. — Quill estendeu a mão para Kairmi apertar, mas elu não aceitou, encarando-o sem expressão, mas sem malícia.

— Drax, o Destruidor e Senhor das Estrelas — disse Kairmi. — Não creio que agendamos uma consulta, certo?

— Oh — disse Quill, surpreso. — Eu, há, quero dizer, não uma consulta médica, se é isso que você... Não, sou eu. Senhor das Estrelas. Sabe? Dos Guardiões da Galáxia. Estou aqui para entregar a medicação de Glarbitz. Pousamos no campo fora dos limites da cidade, então se você pudesse voltar com a gente e qualquer transporte que possa precisar, podemos resolver tudo.

— Acredito que haja um mal-entendido — disse Kairmi. — Você diz que tem medicamentos para *mim* de... de onde?

— Ah, você deve estar de brincadeira — disse Rocky, enterrando a cabeça nas patas.

— Não, calma, espere um pouco — disse o Senhor das Estrelas, tentando lutar contra o medo crescente na boca do estômago. — Sou *eu*. Nós conversamos. Tínhamos até uma piada interna. Lembra, eu disse "Ei, Glarbitz também tem lanches incríveis, quer que eu leve alguns?".

— Por que precisaríamos de medicamentos? — perguntou Har. — Isto é um hospital. Temos nossos suprimentos.

— Então é isso — disse Rocky. — Estão nos dispensando porque já curaram a doença!

— Não aceito uma coisa dessas — disse Drax. — Fizemos o trabalho e agora exigimos as concessões financeiras.

— Concessões financeiras! Concessões financeiras! — disse Rocky, batendo o punho a cada sílaba.

— Ei, ei, esperem, rapazes — disse o Senhor das Estrelas. Ele se virou para Kairmi, fazendo um apelo. — Ouça. Se esse for o caso e vocês já curaram a doença, isso é incrível. É ótimo. Para todos, menos para nós. Ainda precisamos do pagamento, certo?

Percorremos um longo caminho e usamos muitos suprimentos para chegar aqui, então vou precisar que você me diga a verdade, porque eu realmente não quero fazer nada completamente desnecessário para seu belo prédio de árvores, que eu acho que seria superfácil de queimar. As pessoas do seu mundo... elas estão infectadas, certo? Não são assim naturalmente. Não podem ser.

— Claro que podem! — explodiu Rocky. — Já vi gente mais estranha. Tipo o Groot!

— Eu sou Groot — disse Groot.

— Sim, e como eu! — gritou Rocky.

— Ignore-os — disse o Senhor das Estrelas. — Diga-nos a verdade, Kairmi. O que está acontecendo aqui?

Kairmi inclinou a cabeça para o lado.

— Doença? — respondeu, com espasmos em um dos olhos. — Não sei do que você está falando.

O Senhor das Estrelas olhou para os outros enquanto Kairmi estava lá, com espasmos violentos em um dos olhos.

— Bem... droga — disse o Senhor das Estrelas. — Kairmi não está mentindo, seus idiotas. É a infecção.

— E parece que é grave — disse Gamora, acenando com a mão diante do rosto de Kairmi. Ela estalou os dedos algumas vezes, mas elu ficou imóvel, nenhum movimento além do espasmo no olho. — Elu está quebrade.

— Não estou quebrade — disse Kairmi. — Está tudo bem. Nós estamos bem.

— Bem, bem, bem. Ah, sim, Kairmi aqui está claramente sofrendo uma infecção do vírus da ziquizira — disse Rocky. — Eu estava errado, não vamos mencionar, certo? Deixa para lá. Vamos pegar um caixote e trazer para cá nós mesmos. Tudo o que precisamos fazer é, o quê, enfiar uma seringa na cabeça desse povo? Aí se curam enquanto ficamos sentados esperando, depois recebemos nosso dinheiro. Certo?

— Pode ser — Gamora acenou com a cabeça.

— Eu sou Groot — disse Groot, apontando para a outra entrada. Uma figura estava na porta antes vazia, claramente da altura de ume bojaiane, mas sem a graça natural de seu povo. Seu corpo estava curvado, tremendo, nodoso.

— Ei — disse o Senhor das Estrelas, dando um passo para mais perto. A luz fraca que emanava das folhas que revestiam o teto mostrava uma figura abatida, devastada por uma doença que Kairmi Har, claramente afetade por ela, já não acreditava que existisse. Uma gosma negra e oleosa pingava dos chifres daquelu bojaiane, e um hematoma roxo e intenso corria de sua testa até o pescoço. Além daquelu doente, o Senhor das Estrelas podia ver que a sala estava cheia de mais figuras como aquela, algumas se movendo, outras mortalmente imóveis.

Os lábios de bojaiane tremiam, como se estivesse lutando para falar. Estendendo as mãos, pronto para pegar o alienígena enfraquecido, Quill se aproximou.

— Está tudo bem — disse ele. — Juro, estou aqui para ajudar. Deixe-me ajudar você a se sentar, está bem? Não queremos que você caia.

— Eca — disse Rocky, balançando a cabeça. — Essa coisa é pior do que eu imaginava. Vocês têm certeza de que estamos imunes, né?

— Vamos — disse Quill, colocando o braço ao redor da cintura de bojaiane. — Sente-se aqui...

A criatura alienígena estendeu a mão, gesticulando em direção à sala.

— *Nós...* — resmungou elu, com um som úmido e dolorido.

— Eu sei — disse o Senhor das Estrelas. — Nós vamos ajudar. Temos um antídoto para o que quer que esteja machucando vocês.

— *Nós...* — continuou elu. — *Nós... não somos... nós mesmos.*

Com isso, ê bojaiane cambaleou para a frente, com o corpo tremendo violentamente enquanto caía de cara no chão. O Senhor das Estrelas, preparado para aquilo, amparou o alienígena enfermo antes que atingisse a madeira dura do chão, segurando o corpo delu enquanto convulsionava. Quill ajoelhou-se no chão, esperando colocar ê bojaiane deitade, mas então, ali mesmo em seus braços, elu ficou inerte. Com o coração apertado, Quill colocou a cabeça no peito delu para procurar um batimento cardíaco — não escutou nada, mas também não conhecia a biologia da espécie. Outro som, porém, chamou sua atenção instantaneamente, vindo de cima: um som seco, profundo e dilacerante. Ele ergueu os olhos para ê bojaiane, perplexo ao perceber que o ruído abafado de rasgo vinha de dentro da cabeça delu.

O hematoma no rosto de bojaiane pareceu esticar, por um momento. O Senhor das Estrelas estreitou os olhos confuso e, em seguida, se engasgou em choque, horrorizado quando a pele do rosto do alienígena se dividiu em uma fissura que seguia a extensão do hematoma. Quill sentiu a mão de Gamora segurar seu braço e puxá-lo para longe antes que conseguisse processar o que estava acontecendo.

O rosto do alienígena se abriu, assim como os dos thandrid, para revelar uma orbe pulsante e venosa onde ê cérebro delu deveria estar antes da infecção se instalar. A mão do Senhor das Estrelas encontrou o punho de sua arma no momento em que um pequeno e fino membro preto irrompeu para fora do orbe. Pela forma como o orbe se movia, poderia haver centenas de criaturas lá dentro, prontas para abrir caminho para fora.

— O que é *aquilo*? — perguntou Rocky, segurando sua própria arma com o braço estendido.

A única resposta veio de Kairmi Har, que estava de costas para eles, ainda de pé no mesmo lugar, com espasmos em seu olho enquanto uma única gota de limo negro escorria por suas sobrancelhas.

— Está... — disse elu, enquanto o ovo na cabeça de bojaiane morte se rasgava para revelar dezenas de crias thandrid do tamanho de tarântulas. — ... tudo bem.

CAPÍTULO SETE

Uma notável ausência de concessões financeiras
Rocky

Rocky recuou um pé e, com um grande grito de guerra, deu um chute rápido e arremessou um dos filhotes de thandrid através da sala. A criatura se chocou contra a parede, seu rosto em miniatura se abrindo enquanto ela deslizava para o chão, revelando uma minúscula bolsa de ar que parecia uma bola de chiclete. Rocky se preparou para dar outro chute, mas o Senhor das Estrelas o arrancou do chão, permitindo que os filhotes de thandrid passassem por eles, deslizando pelo corredor com suas perninhas.

— Ei! Tire suas patas de cima de mim, Quill! — disse Rocky, se retorcendo nas mãos do companheiro. Abaixo dele, a cria que tinha chutado, ainda atordoada, seguia atrás de seus parentes recém-nascidos, tropeçando enquanto caminhava em semicírculos, caindo a cada poucos passos. — Eles estão fugindo!

— Vamos lá, cara — disse o Senhor das Estrelas, colocando Rocky no chão. — Estou completamente inclinado a acreditar que aqueles monstrinhos bizarros *não* estão nos atacando, então talvez possamos deixá-los correr para fora da sala e ver aonde estão indo.

— Sim — disse Drax, descendo o corredor na direção que as crias de thandrid tinham seguido. — Vamos seguir os pequenos thandrid. A jornada deles certamente nos levará a respostas. Aliás, eu bem que avisei.

— *Nós* avisamos — retrucou Gamora.

— Sim — disse Drax. — Mas eu avisei primeiro.

— Eu sou Groot — corrigiu Groot.

— Ei, ei, sério? Vocês me avisaram disso? — perguntou o Senhor das Estrelas, acompanhando Gamora e Groot, que seguiam Drax de volta para a área principal da instalação. — Não sei se perdi alguma parte, mas não me lembro de nenhum de vocês falando que os thandrid tinham, há, engravidado as *cabeças* dos bojaianes, certo? Não lembro de ninguém cogitando essa possibilidade.

— Espera um pouco. Vocês estão pensando em *respostas*?! — gritou Rocky, ainda mais furioso. — Ninguém está preocupado com nosso maldito dinheiro?

— Sim! — disseram Drax, Gamora e o Senhor das Estrelas ao mesmo tempo.

— Eu sou Groot! — acrescentou Groot.

— Tá certo — disse Rocky, correndo até a dianteira do grupo. Ele notou que nenhume des bojaianes que circulavam pela instalação parecia se perturbar com o fato de que um enxame de crias de thandrid tinha acabado de sair correndo pela sala. Ele se perguntou quantos daqueles alienígenas seriam hospedeiros de ovos de thandrid, se é que era aquilo que estava acontecendo. — Eu sei que todos vocês querem bancar os espertinhos, ficar sentados observando e só depois bolar um plano, mas não vamos esquecer que precisamos desse pagamento ou vamos ficar sem suprimentos. E sem combustível. Não vamos sair desse planeta sem receber. Não podemos.

— E o que você exatamente sugere que façamos? — perguntou Gamora.

— Vamos conversar enquanto caminhamos — disse o Senhor das Estrelas, segurando a porta aberta, gesticulando para que pisassem na videira que descia ao redor do grosso tronco da árvore central e descia até o solo, onde os filhotes de thandrid já estavam avançando. — Aquelas coisinhas são terrivelmente rápidas.

— Eu sugiro... — Rocky parou e pisou com força na videira enquanto caminhava. — Não sei! Temos um planeta cheio de pessoas, e aposto que todas elas têm ovos na cabeça, certo? Todo aquele dinheiro que elas não se lembram de terem nos prometido deve estar guardado em algum lugar.

— Eu sou Groot — disse Groot.

— O que você quer dizer com *não sabemos com certeza o que foi que aconteceu*? — perguntou Rocky. — Você viu o que eu acabei de ver. Nosso contato estava basicamente babando quando nos disse que não se lembrava da gente, e depois o rosto do paciente se abriu e revelou uma festinha de thandrid! É sério que não está óbvio para mais ninguém? Alguém?

— O que você está sugerindo? — perguntou Drax.

— É óbvio que os thandrid são tão transtornados quanto imaginávamos — disse o Senhor das Estrelas. — Devem ter ouvido falar que Bojai estava sofrendo dessa praga e aproveitaram a oportunidade para invadir.

— Acho que vai mais fundo que isso, amigão — disse Rocky, apontando para a própria cabeça. — Literalmente.

— Acho que Rocky está certo — disse Gamora. — E se essa doença que ês bojaianes estão sofrendo não fosse uma praga neurológica? E se realmente estivessem sofrendo uma infecção de...

— Bebês de cabeça — completou Rocky, por ela.

— Certo — disse Gamora. — Não era bem o que eu ia dizer, mas é isso.

— Não sei — o Senhor das Estrelas balançou a cabeça. — Se os thandrid estão, há, usando bojaianes para criar seus bebês de cabeça, então por que nos deixariam vir para o planeta com um soro?

— Talvez porque o soro não *funcionaria* — disse Rocky.

— Eles poderiam simplesmente ter nos matado lá — disse Quill. Ele correu na direção das últimas voltas da videira, levantando uma mão acima dos olhos e olhando ao redor. — Nenhum cão à vista. Estamos tranquilos.

— Eles poderiam ter tentado — disse Drax. — Nunca subestime a raiva de Drax, o Destruidor. Vou queimar o mundo deles por causa daqueles truques, começando com aquele rei baixinho.

— Supondo que o próprio Z'Drut não tenha uma fazenda de ovos em sua cabeça — disse Gamora.

Enquanto os Guardiões chegavam ao solo, as crias de thandrid avançavam para a grama alta do matagal mais denso além dos limites da cidade. A mente de Rocky ainda estava ocupada com fantasias embebidas de sangue sobre o que ele faria quando descobrisse aonde as criaturas estavam indo. É verdade que ele não sabia o alcance de tudo o que estava acontecendo, nem se estavam prestes a entrar em alguma enrascada, mas iria deixar que os outros se preocupassem com aquilo. Naquele momento, Rocky só sabia de quatro coisas, que eram tudo o que ele precisava saber:

Um: ele deveria estar no meio do processo de contar uma quantidade absurda de dinheiro.

Dois: ele não estava no meio do processo de contar uma quantidade absurda de dinheiro.

Três: ele não estava no meio do processo de contar uma quantidade absurda de dinheiro por causa do erro de alguém, talvez por vários erros desse mesmo alguém.

Quatro: quem quer que fosse o culpado, tinha acabado de marcar um encontro com as armas mais desagradáveis de seu arsenal.

Eles seguiram mais a fundo no matagal, os sons da cidade à distância sendo encobertos por um manto de silêncio. O pólen brilhante ali não era parecido com o do campo em que eles tinham pousado. Ele ainda se agarrava à grama e flutuava no ar, mas era mais opaco, não tão vivo. Com a iluminação menos intensa, ficava mais difícil de enxergar a cada passo.

— Estamos perdendo-os de vista! — gritou Drax na dianteira do grupo, batendo na lateral de um feixe de grama alta que girou e acertou o rosto do Senhor das Estrelas. — Já não consigo ver os carinhas de molusco no meio desses vegetais incômodos!

— Eu poderia ir na frente, mas tenho certeza de que você me deixou cego — disse Quill, esfregando o rosto.

— Amadores — disse Rocky, empurrando as pernas de Groot para ficar à frente do grupo. — Umas drogas de amadores, todos vocês. Parece que o Rocky aqui vai ter que fazer tudo, como de costume.

— Eu sou Groot — resmungou Groot.

— Você está certo, estou de mau humor! — explodiu Rocky, lançando um olhar furioso por cima do ombro. — E vou ficar de mau humor até que eu possa nadar em círculos na minha piscina de dinheiro.

Rocky se curvou para perto do chão enquanto andava, estreitando os olhos e farejando até encontrar o cheiro úmido e de peixe que os thandrid exalavam. Ele não gostava muito de confiar naquela habilidade em particular perto do Senhor das Estrelas, que achava engraçado compará-lo com um guaxinim da Terra. Certa vez ele tinha mostrado um vídeo do animal selvagem para Rocky, que viu pouca semelhança entre aquilo e sua própria beldade. Mas, às vezes, tudo o que alguém precisava era farejar o caminho para a vitória. Na verdade, a poucos passos de onde estava, encontrou os filhotes de thandrid, que continuavam correndo pelo campo com suas bolsas de ar contraindo e expandindo como pequenas bolas de chiclete enquanto avançavam. Rocky quis desesperadamente correr atrás deles e começar a chutar novamente, mas conteve o impulso.

Ele acenou para que os outros o seguissem, e o grupo continuou através da grama e dos espinheiros bioluminescentes. As folhas de grama eram altas, alcançando muito acima da cabeça de Rocky, mas estava tudo bem. Ele confiava nos outros para ver além da área imediata. O que precisava fazer era grudar no chão. À medida que avançavam, a grama se partia diante deles em um caminho gasto que se ramificava em um labirinto de vegetação nivelada. Rocky estendeu uma pata, impedindo os Guardiões de avançarem para o campo aberto. Ele espiou da grama alta para ver, à distância, o solo se transformar em uma colina, sob a qual havia uma toca profunda e escura. Os filhotes de thandrid fugiam para as profundezas da toca quando Rocky mergulhou de volta na grama, mantendo um dedo diante do focinho. Acenou para

Gamora, Drax, Quill e Groot se abaixarem. Quando eles se ajoelharam, reunidos ao redor dele, Rocky apontou para a toca e posicionou as mãos como se estivesse segurando uma gigantesca arma na direção do buraco. Ele chacoalhou o corpo para trás, simulando um tiro poderoso.

O Senhor das Estrelas balançou a cabeça. Ele apontou para o buraco e, em seguida, colocou as mãos curvadas em círculos ao redor dos olhos, olhando de forma exagerada para o buraco.

— Isso é algum tipo de dança? — perguntou Drax, sua voz no volume máximo.

Gamora agarrou Drax, puxando-o para mais perto.

— Silêncio — murmurou ela. — Não sabemos quão poderosa é a audição deles.

— Deles? — perguntou Drax.

— Achei que estávamos todos falando da mesma coisa aqui — sibilou Rocky. — Lembra que estávamos seguindo uma pequena horda de bebês de cabeça? Aquele buraco está cheio daquelas aberrações de cérebro mole! E provavelmente estamos falando das versões adultas, considerando a nossa sorte.

— Os caras de molusco — disse Drax, gesticulando em concordância.

— Siiim, os caras de molusco. Parece que tem um ninho inteiro deles! E nós vamos o quê? Ficar sentados como um bando de idiotas? Esperar, observar? — disse Rocky, dando um tapinha rude no Senhor das Estrelas com as costas de sua pata. — Vamos! O que estamos esperando? A gente incinera essas coisas, volta pra cidade, encontra algum dinheiro, deixa os suprimentos para quem tiver cérebro suficiente para usar e dá o fora daqui antes que alguém fique sabendo!

— Eu aprovo este plano — disse Drax.

— Vejam, Drax aprova — disse Rocky. — O que estamos esperando?

— Primeiro, supondo que a toca *esteja* cheia de thandrid, lembre-se da única coisa que sabemos: eles estão usando bojaianes para chocar seus filhotes. Como podemos garantir que não há inocentes naquele buraco sendo mantidos em cativeiro? — perguntou Gamora. — Não me oponho a fazer chover o fogo do inferno sobre eles. Mas não podemos simplesmente fazer isso cegamente.

— Sem mencionar que estamos a uma boa distância da *Milano* — disse o Senhor das Estrelas. — Não temos nenhuma rota de fuga e nenhuma ideia do que é preciso para matar aquelas coisas.

— Ah, eu tenho o que é preciso — rosnou Rocky.

— Eu sou Groot — ofereceu Groot.

— É isso aí! — disse Rocky. — Groot disse que vai buscar a nave.

— Groot não consegue pilotar! — rebateu o Senhor das Estrelas. — Vai você, Rocky!

— Eu tenho as armas pesadas — rosnou Rocky para ele. — A nave está no piloto automático! Tudo o que ele precisa fazer é apertar um botão e pronto. Não vai atravessar a atmosfera ou atingir a velocidade da luz. Você está tratando ele como uma árvore de novo.

Groot acenou com a cabeça, franzindo a testa profundamente.

— Eu não estou tratando ele como uma... — o Senhor das Estrelas respirou fundo e depois ergueu as mãos, voltando-se para Groot. — Tá bom. Sinto muito, amigo. Você consegue fazer isso?

— Eu sou Groot.

— Dê a ele dez minutos — disse Rocky.

O Senhor das Estrelas assentiu com a cabeça.

— Certo. Obrigado, Groot.

— Eu sou Groot — disse Groot, enquanto dava um passo pesado para longe deles, as raízes em suas pernas crescendo a cada passo, até que estava se movendo tão rápido que ficou embaçado.

— Então tá certo — disse Rocky, e antes que os outros pudessem detê-lo, mirou o canhão alguns metros à frente da toca e disparou. Uma bola de energia elétrica azul e estridente explodiu do cano de quatro pontas e avançou por entre as folhas altas de grama, incinerando tudo em seu caminho. Ela atingiu a base da colina causando um estrondo, enviando torrões de terra brilhante e folhagem queimada em todas as direções.

— Ei, ei! Nós só… Você não se lembra do seu próprio plano? Estávamos esperando Groot — disse o Senhor das Estrelas.

— Sim, sim, eu sei — retrucou Rocky, balançando o canhão com desdém. — Ele estará aqui em pouco tempo!

— Você é louco — disse o Senhor das Estrelas, tirando o canhão de Rocky. — Você é pequeno e maluco! Alguém já te falou isso?

— Me devolve isso! — disse Rocky, saltando para pegar o canhão das mãos do Senhor das Estrelas. — Podemos muito bem assar essas aberrações enquanto esperamos! Elas não vão nos ver nessa grama de jeito nenhum. Você não conseguiria identificar um barglewarf no meio dessa coisa.

— Eu nem sei o que é isso — rebateu o Senhor das Estrelas, puxando o canhão em sua direção.

— É grande! — retrucou Rocky, sibilando, ainda segurando o canhão.

— Vocês dois, *abaixem-se*! — gritou Gamora. Ela se agachou no chão, escondida pela grama alta, protegendo os olhos com as mãos enquanto olhava na direção da toca. Rocky e o Senhor das Estrelas seguiram o exemplo, embora ambos ainda segurassem o canhão, um não querendo entregá-lo ao outro.

Um filhote de thandrid emergiu da toca com a cabeça inclinada para o lado em sinal de curiosidade, olhando na direção da cratera fumegante que o canhão de Rocky abrira na colina. Um momento depois, uma garra negra brilhante, muito maior que a do filhote, saiu da toca e puxou o thandrid em miniatura de volta para a escuridão.

— Vejam — disse Drax, apontando um dedo grosso na direção do buraco. — Os caras de molusco estão vindo.

Rocky observou por trás das folhas carbonizadas de grama enquanto um thandrid em tamanho normal emergia da escuridão, com a luz da flora circundante lançando um brilho dourado no exoesqueleto da criatura. Outro apareceu atrás dele, e depois outros.

— Me dê — disse Rocky — o *canhão*.

O Senhor das Estrelas olhou para Rocky, e depois soltou a arma.

— Você não é o único aqui que quer esse dinheiro, certo? — sussurrou. — Faça um favor a todos nós e acalme-se. Precisamos manter a cabeça no lugar, cara.

— É — disse Rocky, apontando seu canhão para as cabeças dos dois thandrid. Ele puxou um mecanismo, mudando para o modo de disparo duplo. — Não estou muito preocupado com as nossas cabeças. Com as *deles*, por outro lado...

Rocky esperou, observando enquanto as duas criaturas vasculhavam a área, com os rostos abrindo e fechando, expondo as bolsas de ar a cada respiração. Ele mediu o ritmo, sentindo quanto tempo levava para cada uma das bolsas atingir sua capacidade total. Era uma fração de segundo, mas era tudo o que Rocky precisava. Com uma garra no gatilho, sua pata ficou tensa quando, pela primeira vez, os dois thandrid fecharam as aberturas em seus rostos ao mesmo tempo.

Assim que elas começaram a se abrir novamente, Rocky apertou o gatilho.

Os aglomerados de lasers azuis atingiram os rostos abertos de ambos os thandrid, iluminando as bolsas de ar infladas com violentos raios de energia. As duas criaturas caíram no chão, contorcendo-se de dor, antes de dois estalos agudos ecoarem pela noite e elas ficarem imóveis. Rocky se levantou e viu os alienígenas caídos no chão, com fumaça subindo dos restos vazios e carbonizados das bolsas de ar.

— *Bum* acaba com *pfffft*! — disse Rocky, erguendo o canhão com orgulho.

Drax bateu palmas de empolgação.

— Abaixem-se! — gritou Gamora, enquanto outro thandrid emergia da toca. A criatura examinou a área imediata e, em seguida, aproximou-se dos corpos de seus camaradas. Olhando para eles, inclinou a cabeça para trás e, de repente, Rocky sentiu um zumbido horrível em sua nuca. Ele se deu um tapa e viu imediatamente que o Senhor das Estrelas, Gamora e Drax estavam fazendo o mesmo, segurando seus pescoços bem na base da nuca.

— O que é isso? — gemeu Drax, com os dentes cerrados.

— É como eles se comunicam — disse Gamora, girando o pescoço, alongando para lidar com a dor. — Tive essa suspeita em Espiralite. Eles são telepatas.

— *Isso* é comunicação? — disse Rocky, ríspido. — O que diabos poderia significar?

— Há... — disse o Senhor das Estrelas, olhando para a frente. — Acho que eu sei, mas meio que não gostaria de saber.

Rocky virou a cabeça na direção do thandrid e, pela primeira vez em toda aquela provação, sentiu outra coisa além de raiva. O medo, para ele, era uma emoção covarde, e ele era qualquer coisa menos um covarde. Seja como for, embora nunca admitisse, quando viu o campo diante deles começar a ficar cheio de incontáveis thandrid adultos que saíam de tocas invisíveis ao redor, até onde a vista alcançava, a pele de Rocky começou a se arrepiar, e o suor brotava em sua testa.

— Centenas — disse Drax, dessa vez em um tom baixo. — Há centenas deles.

— Milhares — corrigiu Gamora. — Há mais thandrid do que temos de munição.

— Idiota — disse o Senhor das Estrelas, empurrando Rocky. Rocky olhou para ele, desejando ser capaz de improvisar uma resposta rápida, mas não encontrou nenhuma.

— Eu não sabia... — disse, seus olhos brilhantes olhando para todos os lados. Os thandrid estavam se movendo, mas não em uma única direção. Eles começaram a procurar ao redor da área, o zumbido psíquico crescendo enquanto procuravam por seu agressor oculto. Parecia um choque estático, mas que não cessava.

— Há quanto tempo Groot se foi? — perguntou o Senhor das Estrelas. — Já se passaram quase dez minutos, certo?

Rocky, Gamora e Drax se entreolharam. Não tinham se passado quase dez minutos.

— Droga — disse o Senhor das Estrelas. — Se ficarmos parados aqui eles vão nos encontrar. Temos que voltar para a cidade.

— Não — retrucou Gamora. — Vamos ficar aqui. Se nos movermos, eles verão a grama se mexendo.

— Quill está certo — disse Drax. — Se esperarmos, seremos descobertos.

— Então mantemos nossa posição — afirmou ela. — Lutamos até o retorno de Groot.

— Eu sou completamente favorável a explodir esses malucos, mas até eu tenho que dizer... — disse Rocky, com os olhos arregalados enquanto observava os thandrid começando a avançar pela grama a menos de trinta metros deles. — Se nos metermos com eles, não vejo como pode dar certo.

— Escutem — insistiu Gamora —, não vamos enfrentar os thandrid na esperança de vencer. Se eles nos virem, nós lutamos. Eles têm um exército, mas estão espalhados pelo terreno e não vejo uma única arma. Vamos ficar parados e juntos, nos defendendo até que Groot volte com a nave. Depois partimos, reagrupamos e formulamos um plano.

— Tudo bem — disse o Senhor das Estrelas, mas pelo tom Rocky podia afirmar que não estava nada bem. Aquilo serviu ainda mais para que Rocky ficasse nervoso, porque quando Peter Quill hesitava em se atirar em uma batalha, era possível ver a anos-luz que a situação era sombria. — Então vamos torcer para que eles não nos encontrem.

— E nos preparar para atacar sem piedade quando nos descobrirem — rosnou Drax.

Juntos, os quatro se abaixaram contra o chão sem dizer mais nada. Rocky posicionou o queixo sobre os braços cruzados, uma pata ainda segurando o gatilho de seu canhão laser para que pudesse observar enquanto os thandrid distantes se moviam lentamente pela grama mais baixa onde estavam. Para seu alívio, por menor que fosse, eles não estavam se aproximando. Em vez disso, se reuniam à esquerda do grupo, a tagarelice psíquica aumentando enquanto continuavam buscando pelo assassino. O barulho passou de um zumbido para quase um rosnado, espalhando a sensação de calor pela nuca de Rocky. Estranhamente, sentiu um bocado de líquido umedecer o pelo de sua nuca, mas não reagiu. À medida que a umidade quente se espalhava, ele mantinha o olhar fixo nos thandrid, certo de que estavam usando a telepatia na tentativa de fazê-lo agir. Ele não cairia naquele truque.

— Rocky — sussurrou o Senhor das Estrelas, com a voz falhando de nervosismo e urgência.

— O quê? — disse Rocky, sem mover a cabeça, olhando para Quill com o canto dos olhos.

— Não... se... mexa — disse o Senhor das Estrelas, com os olhos arregalados. Ao lado dele, Rocky podia ver Gamora e Drax, com expressões igualmente nervosas, olhando para algo invisível atrás de Rocky.

Ele não se conteve. Esticou o pescoço ligeiramente até o ver pairando sobre ele, com aquelas muitas presas brilhando enquanto gotas de baba quente caíam sobre seu pelo. O cão de seis bocas, com um rosnado cruel crescendo em seu peito, rangeu os dentes enquanto cambaleava, preparando-se para mordê-lo.

Rocky abafou o xingamento que queria muito soltar enquanto a criatura atacava. Rolou para o lado, tentando ficar o mais quieto possível, mas ouviu as grossas folhas de grama farfalhando alto e, em seguida, estalando nitidamente enquanto ele evitava o ataque do animal. Drax agarrou o cachorro por trás em silêncio, tentando fechar suas bocas com os braços, mas ele não tinha o número de membros necessário para aquilo.

Quatro uivos distintos saíram das bocas abertas do cão, ecoando pelo campo aberto. O zumbido telepático dos thandrid parou subitamente, e tudo ficou silencioso em um instante. Por toda parte, em todas as direções, o mais longe que qualquer um deles conseguisse ver, todos os olhares estavam voltados diretamente para eles.

CAPÍTULO OITO

A RAINHA REBELDE
Gamora

Com um tinido musical, Gamora sacou sua lâmina, uma espada de sessenta centímetros de comprimento forjada em um metal que valia quase tanto quanto o total da recompensa que deveriam receber. Ela observou os thandrid se aproximando deles, com os passos largos e saltitantes das pernas finas e ágeis, sibilando enquanto seus rostos se fechavam coletivamente, protegendo as vulneráveis bolsas de ar. As criaturas ergueram os braços, que começaram a mudar ao puxar para trás uma camada do exoesqueleto. Lâminas orgânicas serrilhadas e cobertas de um muco vermelho deslizaram para fora dos antebraços das criaturas.

— Ééé, aquilo parece ruim — disse o Senhor das Estrelas, levantando-se e sacando uma arma de plasma enquanto os Guardiões entravam em formação. Gamora manteve sua lâmina baixa, planejando seus próximos sete movimentos enquanto Rocky preparava seu canhão laser e Drax pegava suas lâminas gêmeas. Eles estavam de costas um para o outro, olhando em todas as direções possíveis, mas quase tudo tinha sido apagado pelo enxame interminável de exoesqueletos negros que avançavam na direção deles. — Fiquem próximos.

— Novo plano — disse Gamora. Ela saltou para a frente, encontrando o thandrid mais próximo e derrubando-o com seu peso repentino. Antes de atingir o chão, ela travou o pé no quadril nodoso da criatura, esticou a perna com força e impulsionou-se no ar. Com um lampejo de sua lâmina, ela cortou diretamente através da divisão no rosto de outro thandrid.

A lâmina travou de forma súbita quando o thandrid contraiu os músculos faciais e depois girou. Gamora segurou sua espada, mas a força da criatura a jogou nos braços de um thandrid maior e mais corpulento, que estava preparado para aquilo. Ele ergueu o braço serrilhado e se preparou para passá-lo no pescoço exposto dela.

Gamora moveu as pernas para o chão, com força, e a lâmina inimiga errou seu pescoço, mas acertou seu bíceps, que se abriu em um corte. Com desprezo, abaixou-se para evitar outro golpe e acertou sua espada na parte traseira do joelho do alienígena. Como esperado, a lâmina se chocou causando um tinido forte, e a criatura continuou intacta.

Gamora grunhiu, rolando quando o thandrid maior e um outro avançaram contra ela de uma vez, sibilando. Ela se virou, travou o braço e avançou diretamente contra o grande. Daquela vez, em vez de cortar com a lâmina, ela a mergulhou direto através da fissura no rosto da criatura, e sentiu o punho da arma tremer em sua mão quando a bolsa de ar estourou dentro do thandrid.

Puxando a espada bem a tempo de se abaixar no chão, ela evitou as mãos do outro inimigo. Quando o alienígena se curvou, ela o agarrou pela cabeça e o forçou a cair no chão consigo. Gamora sentiu quando a lâmina afiada do antebraço do monstro se cravou em sua coxa e, com um grito de guerra feroz, enfiou a espada no rosto dele. Estava bem fechado e resistia à arma, mas quando Gamora forçou o rosto do thandrid para baixo e sua lâmina para cima, finalmente sentiu um estalo satisfatório.

— Dois já foram — disse ela, levantando-se a tempo de ver mais três thandrid se aproximando dela. — Faltam sete mil.

Ela começou a golpear o trio de thandrid, empurrando-os para trás de forma que conseguisse enxergar melhor. Todos estavam mantendo suas bolsas de ar escondidas enquanto lutavam, mas com a visão periférica ela notou outro thandrid se afastando da batalha para respirar fundo, retomando o fôlego antes de retornar à ofensiva. Enquanto se defendia dos que estavam próximos dela, Gamora viu Rocky e o Senhor das Estrelas iluminando o campo com lasers e explosões de plasma, mas não era o bastante. As criaturas estavam atravessando as explosões e se aproximando deles, fazendo com que tivessem que se defender com socos, chutes e tiros de pistola. Drax estava se saindo melhor com suas lâminas gêmeas, a luz dourada da vegetação bioluminescente ao redor reluzindo no aço delas enquanto ele as passava nos rostos dos thandrid.

Gamora saltou na direção de uma das criaturas que se afastava para respirar fundo. Ela mergulhou sua espada diretamente na bolsa de ar, que estourou tão facilmente quanto um balão. O corpo ameaçador do alienígena começou a tombar na direção de Gamora, que o agarrou pelas costas e, usando seu impulso, o arremessou nos quatro outros thandrid que investiam contra ela por trás. Derrubando os quatro de uma vez, Gamora sorriu com o sucesso e desceu a espada em quatro ataques rápidos e brutais, estourando cada uma das bolsas de ar expostas.

Gamora se virou para encarar o próximo oponente, mas ele já estava sobre ela. Viu a lâmina do braço da criatura brilhar diante de seu rosto e então sentiu uma explosão de líquido quente na ponta do nariz, seguida de uma agonia ardente. Caiu para trás, a dor irradiando de seu rosto até os dedos dos pés, fazendo seus membros travarem e os músculos ficarem tensos. Ela ficou lá, paralisada pelo choque da dor, quando o thandrid com o braço salpicado pelo sangue que Gamora sabia ser dela parou, girando o braço para trás para desferir o golpe final.

Lutando contra o instinto de seu corpo de desligar, ela levou sua espada de encontro ao braço serrilhado do thandrid. Ele se agachou sobre ela, empurrando o braço em sua direção, forçando-a a se curvar. Gamora segurou o punho da espada com as duas mãos, mas a criatura era muito forte, e tinha começado a forçar a arma de volta contra ela.

A visão de Gamora se encheu de luz branca, com borrões borbulhando ao redor das bordas da linha de seus olhos. "Não, não, não", pensou ela. "Não desmaie. Não agora!"

Inclinando-se na direção da lâmina, ela usou toda sua força, tentando se levantar e forçar o thandrid a recuar. Mas ele era esmagadoramente poderoso, e ela estava perdendo as forças rapidamente. Seus olhos se arregalaram de horror quando viram o que ela acreditava ser outro thandrid se aproximando por trás daquele que enfrentava, os braços finos da criatura a alcançando por cima dos ombros de seu oponente.

Gamora olhou para o lado, na esperança de dar uma última olhada em seus amigos, mas não conseguiu vê-los no meio da inundação interminável de criaturas. Ela voltou a encarar seu oponente e sorriu para si mesma. Se a única família verdadeira que tinha conhecido não pudesse ser sua última visão, ela se contentaria em olhar para o rosto do seu assassino e sorrir, mostrando que mesmo na morte ela não seria quebrada.

No entanto, o que estava sendo quebrado era o rosto do thandrid. Os membros delgados que procuravam por ela não eram os braços de uma daquelas criaturas, mas sim raízes grossas e marrons. Elas serpentearam no rosto de seu oponente e através da abertura que havia nele, forçando-a a se abrir, e outra raiz serpenteou dentro da cabeça aberta e se enrolou na bolsa de ar.

Gamora sentiu a lufada de ar fétido quando a bolsa de ar estourou.

As raízes jogaram o thandrid de lado e se enrolaram na cintura de Gamora. Seu olhar as seguiu até o ar acima dela, onde a *Milano* estava pairando, apenas a alguns metros do chão.

— A luz! — disse ela, sorrindo ao perceber o que tinha visto pouco antes.

Groot estava na escotilha aberta da nave, com os braços estendidos até a capacidade máxima. Ele erguia Gamora com um braço e, quando ela foi levada para cima, pôde ver que Groot segurava Drax com o outro. Drax, por sua vez, segurava triunfante uma bolsa de ar ainda inflada em uma das mãos, que certamente tinha arrancado da cabeça de um dos thandrid.

Não demorou muito para avistar o Senhor das Estrelas, que subia para o céu com as botas a jato. Ele segurava Rocky com o braço esticado enquanto o guaxinim bombardeava os thandrid abaixo deles com disparo atrás de disparo de seu canhão laser. Ele ria, gritando:

— Até mais, otários! Vamos voltar atrás da nossa grana!

Groot, recolhendo seus poderosos braços de volta ao tamanho normal, puxou Gamora e Drax pela escotilha. O Senhor das Estrelas e Rocky pousaram perto deles segundos depois, com Rocky dando um último disparo de seu canhão.

— Consigo ouvir aquelas bolsas estourando que nem pipoca! — gritou ele, os olhos brilhando com uma alegria louca.

— Eu sou Groot — disse Groot a Gamora, antes de envolvê-la com os dois braços em um abraço caloroso. Ela foi pega de surpresa, mas depois se entregou, retribuindo o abraço. Por mais que já tivesse passado por situações de quase morte, ela tinha que admitir que aceitar o destino *não* era algo a que alguém pudesse se habituar.

— Ui! — disse o Senhor das Estrelas, tocando a bochecha de Gamora enquanto Groot a segurava com o braço esticado. — Parece dolorido.

Gamora respirou fundo, estremecendo ao sentir o ar frio da nave em sua ferida.

— Poderia ter sido pior.

Os cinco ficaram juntos, em silêncio por um momento, enquanto a nave começava a se elevar acima do mar de thandrid sibilando abaixo. Gamora não tinha como ter certeza de que os outros pensavam o mesmo que ela, que tinham muita sorte de estarem ali juntos e vivos, mas sentia uma profunda solidariedade naquele silêncio. Naquele momento, a dor era suportável e ela sentia uma onda de alívio.

O alívio, no entanto, veio e foi quase na mesma hora. Quando a escotilha começou a se fechar e a realidade voltou, ela limpou o sangue do rosto e caminhou na direção do convés de voo.

— Para onde vamos? — perguntou Rocky.

— Essa é a questão — disse ela. — Porque alguma coisa me diz que não importa a direção que escolhamos, teremos uma luta pela frente.

O Senhor das Estrelas aplicou cuidadosamente uma tira de gaze sobre o corte no rosto de Gamora. O remédio cicatrizante de uso geral que eles guardavam na bagunçada enfermaria da nave já estava surtindo efeito na dor que ela sentia no nariz. A cabeça ainda latejava, mas cada vez menos.

— Prontinho — disse Quill, com um sorriso tenso. Gamora podia ver, estampado no rosto dele. Ele ainda estava abalado, o que era natural, é claro, apenas alguns momentos depois de uma batalha impossível de vencer. Ele sabia o que poderia ter acontecido a ela, a qualquer um deles, mas falar sobre aquilo não era o jeito dele. Gamora estava mais do que bem com aquilo.

Ela se levantou, ainda tonta. Sem que precisasse pedir, o Senhor das Estrelas caminhou ao lado dela enquanto seguiam para a cabine de comando, até que as pernas dela se firmaram e ela teve certeza de que não tropeçaria. Rocky estava nos controles com Groot sentado ao lado. Drax espiava pelo vidro temperado enquanto eles saíam da atmosfera de Bojai e se dirigiam para a escuridão do espaço. Gamora e Quill pararam ao lado de Drax, que olhou para eles com um olhar ardente.

— O imperador nanico pretendia nos enviar para a morte — disse Drax. — Não vou descansar até que o entreguemos para o ceifador.

— Essa é uma tremenda suposição — disse o Senhor das Estrelas.

— Vou ter que concordar com Quill nessa — disse Gamora. — Não creio que Z'Drut esteja em alta, mas não o vejo como alguém que precisaria nos enviar a outro planeta para garantir nossas mortes. Ele tinha seu próprio exército de thandrid, todos armados. Poderia ter nos executado lá mesmo.

— Então por quê? — perguntou Drax. — Você acha que ele não sabe sobre Bojai? Ele parece estar profundamente aliado aos caras de molusco. Ele lhes dá poder e armas! Isola da ajuda externa um planeta tomado por suas crias. Não, ele está totalmente ciente do que Bojai se tornou. É indiscutível.

— Sim, bem, talvez ele saiba — disse o Senhor das Estrelas. — Talvez ele também não queira a atenção de Nova ao fazer com que os Guardiões da Galáxia desapareçam quando seu destino é conhecido pela Tropa. Se não retornássemos de Bojai, este canto da galáxia estaria cheio de gente fazendo perguntas.

— Bah — disse Drax. — Absurdo.

— De qualquer forma, Drax, o que vamos fazer se Z'Drut tentar nos matar, hein? — perguntou Quill. — As probabilidades não são legais, gente. Parece que somos nós cinco contra... há, dois planetas. Só estou dizendo que talvez seja uma boa ideia nos afastarmos um pouco antes de voltar para isso. Uau, me sinto um pateta só de falar isso.

— Não, você não é! — gritou Rocky, com a voz trêmula. Ele fungou alto e acrescentou: — Nunca mais vou te questionar!

— Cara — disse o Senhor das Estrelas, estreitando os olhos enquanto caminhava até Rocky. — Você tá chorando?

— Eu sou Groot — confirmou Groot, balançando a cabeça com veemência.

— NÃO, EU NÃO ESTOU! — rebateu Rocky, soltando uma série de soluços abafados enquanto guiava a nave para longe de Bojai. — Eu estraguei tudo, Quill. Se apenas tivesse esperado como planejamos, Gamora não teria perdido um pedaço do rosto! Quase morremos, e foi tudo culpa minha!

— Vamos, parceiro, você está bem — disse o Senhor das Estrelas, dando um tapinha nas costas de Rocky, que soluçava. — Você só está saindo do seu barato pós-batalha. Todos estão bem. Estamos todos bem, cara. Gamora está toda remendada...

— Não fale *remendada* — interrompeu ela.

— O lance é — disse o Senhor das Estrelas. — Nós estamos bem. E continuaremos bem se estivermos juntos nessa. É só isso que quero dizer.

Gamora caminhou até os controles e se ajoelhou ao lado de Rocky, que fungava enquanto enxugava os olhos.

— Rocky, olhe para mim — disse ela.

Ele se virou para ela, com os olhos úmidos e brilhando.

— Estou morta? — perguntou ela.

— Hum. Não? — disse ele, estreitando os olhos.

— Tenho certeza de que no meu estado atual ainda consigo chutar a sua bunda. Estou errada? — perguntou ela.

— Não?

— Eu estou *bem* — disse ela, dando um tapinha no joelho dele. — E Peter está certo. Nos metemos em algo mais profundo e desagradável do que poderíamos ter imaginado, por isso agora cabe a nós refinar cada passo. Neste ponto, com o grande número de thandrid em Bojai, podemos supor uma de duas possibilidades: ou o imperador Z'Drut está totalmente ciente da invasão, ou ele e seu planeta estão sendo usados da mesma forma. A maneira como ele conduziu nosso encontro me sugere que ele tinha total controle de tudo o que dizia. E isso... nos leva ao nosso problema atual.

— Os drones — disse o Senhor das Estrelas.

— Os drones — repetiu Gamora. — Eles estabeleceram um campo de força que se estende completamente ao redor deste sistema solar. Isso nos deixa com quatro opções possíveis. Primeira opção, voltar para Bojai, que é claramente impossível. Segunda opção, voltar para Espiralite, o que, a julgar pela manhã de hoje, não é um lugar muito mais amigável do que a zona que acabamos de deixar. Terceira opção, seguir para Incarnadine, o único outro planeta acessível daqui, embora não possamos ter certeza de que eles já não tenham caído para os thandrid também.

— Foram apenas três — disse Quill. — Você tinha dito quatro.

— Não sei se a quarta é possível — disse Gamora.

— Bem, vamos ver, porque com as três primeiras tudo o que eu ouvi foi: morte certa; morte certa ou prisão; e morte muito, muito provável — disse o Senhor das Estrelas.

— A quarto opção seria atacar os drones — disse Gamora. — Se pudermos virar a nave e fazer um arco amplo o bastante para atirar onde os drones nos capturaram, talvez possamos derrubá-los. Sabemos que armas e máquinas não podem passar pelo campo que estão criando, mas se pudermos danificar alguns dos drones que mantêm a barreira, pode ser que consigamos fazer a *Milano* passar.

— Eu sou Groot — disse Groot, apontando para o painel de controle.

— Groot está certo — disse Rocky. — Não temos tecnologia para localizar os drones. Estaríamos atirando às cegas como um bando de idiotas, e eles chegariam antes que percebêssemos.

— Concordo — retrucou Gamora. — Mas se eles vierem até nós, não precisaremos tentar adivinhar onde eles estão, não é?

— Sim — concordou Drax. — Devemos atraí-los.

— Porque funcionou direitinho com os thandrid... — disse Rocky.

— Se alguém tiver um plano melhor, estou mais do que disposta a ouvir — disse Gamora. Depois de um momento de silêncio constrangedor, ela bateu as mãos nas pernas. — Certo. Vamos fazer isso.

— Vou nos levar para o outro lado do sistema — disse Rocky. — Talvez seja bom evitar voar acima de Espiralite. — Ele virou a nave e acionou os propulsores enquanto os Guardiões se preparavam para a viagem.

— Espere. Veja isso. — Gamora apontou para uma das telas de comando. Onde deveriam ter visto um espaço aberto, eles viram uma vastidão azul brilhante que parecia água circundando-os, exibindo uma imagem borrada e cintilante das estrelas e planetas distantes.

— Afe — disse Rocky. — É a maldita muralha. Está nos cercando.

— É como se fosse um globo de neve interestelar, e simplesmente estamos presos dentro dele — disse o Senhor das Estrelas, balançando a cabeça.

Gamora arqueou uma sobrancelha.

— Ah — disse Quill. — Coisa da Terra.

Gamora reparou que, de seu ponto de vista no interior da muralha, o campo de força brilhava da mesma cor que a energia flamejante no poço e na torre, de volta à Espiralite.

— Acho que os drones são movidos por energia espiralina — disse ela. — A mesma coisa pela qual eles foram invadidos é a que está bloqueando a entrada de todos.

— Meio poético — disse o Senhor das Estrelas.

— Nunca fui muito fã de poesia — retrucou Gamora.

— Eu sou Groot! — disse Groot, apontando para o mapa digital no centro do painel de controle.

Na imagem tridimensional dos planetas ao redor deles, eles viram dois pontos azuis pulsantes aparecerem em Espiralite, saindo do planeta.

— Droga — disse Rocky, chutando o painel. — Dois inimigos saindo de Espiralite.

— Drones? — perguntou Gamora.

— Não, são naves completas — respondeu Rocky. — E parecem ser mais rápidas do que nós. Não acho que estão interessados em nos dar parabéns por termos fugido dos amigos insetoides deles em Bojai.

As naves apareciam como faíscas azuis no vidro diante deles, ficando cada vez maiores. Gamora xingou e se virou para o Senhor das Estrelas.

— Estão vindo direto para nós — disse ela. — Não chegaremos aos drones de forma alguma.

— A opção três parece ser a única em que a morte como resultado é apenas *provável* — disse Quill, com um sorriso sarcástico.

Gamora não pôde deixar de rir.

— Certo. Mergulhe na direção de Incarnadine. E mande um pouco de estática enquanto avançamos.

— Minha especialidade — disse Rocky, mudando as marchas e pressionando uma sequência de botões no painel de controle. A nave fez uma curva fechada à direita e, em seguida, Rocky disparou. Eles sacudiram, acelerando em direção ao maior planeta do sistema, o gigante anelado Incarnadine.

— Vou para o arsenal — disse Drax, afastando-se do convés. — Devemos estar preparados para encontrar um inferno esperando por nós quando pousarmos. Se for esse o caso, gostaria de poder revidar.

Enquanto se concentravam no gigantesco planeta, com duas naves thandrid avançando contra eles, Rocky deslizou para trás um compartimento da nave que revelou uma série de botões vermelhos e brilhantes. Ele balançou as patas.

— Assuma os controles, Groot. O papai aqui vai acender uma fogueira.

Rocky começou a pressionar os botões repetidamente com suas garras, enquanto ria alto. Atrás deles, grandes anéis de fogo saíram da *Milano*, seguindo na direção das naves thandrid. Essas, lustrosas e brilhantes, desviaram e contornaram cada um dos ataques flamejantes, evitando-os com aparente facilidade.

— Vocês acham que isso é tudo o que eu tenho? — gritou Rocky.

— Acelera, cara! — disse o Senhor das Estrelas, enquanto Groot aumentava a velocidade. — Quão rápido podemos chegar lá?

— Eu sou Groot!

— Cinco minutos — disse Rocky, inclinando-se para pegar de volta os controles de Groot. — Supondo que haja um lugar para pousar. Devemos tentar estabelecer comunicação com eles?

— Não — disse Gamora, estendendo a mão. — De jeito nenhum. Se estiverem comprometidos, estaríamos os alertando sobre nossa chegada.

— Parece que os thandrid já sabem que estamos atrás deles — comentou o Senhor das Estrelas. — Não estamos entrando aqui de maneira exatamente furtiva.

— Mesmo assim — disse Gamora. — Siga em frente e continue atirando.

Foi exatamente o que Rocky fez. Em minutos, eles conseguiram se afastar um tanto das naves thandrid, mas os inimigos ainda estavam seguindo-os enquanto passavam por Bojai, com os anéis de Incarnadine preenchendo o campo de visão no convés de voo.

Eles ultrapassaram os anéis, que pareciam um halo iridescente de arco-íris ao redor do planeta, antes de entrar em sua atmosfera. Com o chão sólido se aproximando rapidamente, Rocky diminuiu a velocidade da *Milano*, e as naves inimigas logo se aproximaram novamente.

— Ah, vocês querem mais? — gritou Rocky, voltando para o painel de armas. — Ainda não viram nada, seus besouros superdesenvolvidos!

Naquele instante, a nave deu um solavanco para a frente e para o lado, quando a asa esquerda foi atingida. Groot e Rocky agarraram os controles, movendo-os para ajeitar a nave, mas Gamora estivera sob fogo inimigo vezes o bastante em sua vida para saber o que tinha acontecido.

— A asa está comprometida — disse Rocky. — Precisamos descer. Agora.

— Temos que nos afastar um pouco mais deles — disse o Senhor das Estrelas.

— Não vai rolar — retrucou Rocky. — Vou acertá-los com tudo o que tenho, mas se não pousarmos logo, vamos sair rodopiando.

— Então faça isso — disse Gamora. — Quando sairmos, vamos correr para nos proteger e avançamos aos poucos para um terreno mais alto. Se vamos enfrentá-los a pé, precisamos vê-los de longe.

— Certo, vamos lá — disse Rocky, e Groot assentiu.

Enquanto Groot reduzia a velocidade da nave, Rocky esmagava os botões com a pata, e uma explosão de raios laser, fogo e fumaça tóxica saiu da *Milano* enquanto eles desciam. As naves thandrid vacilaram, mas aceleraram e se afastaram do impacto dos ataques, que sumiram no céu estrelado.

Assim que Rocky se preparava para lançar outro ataque, os dois pontos azuis desapareceram de sua tela. Rocky olhou para ela, ativando a câmera em tempo real.

— O que...? — Atrás deles, as naves estavam caindo no ar, soltando uma fumaça densa enquanto giravam. Rocky franziu o rosto e, em seguida, soltou um grito de alegria: — Consegui!

Gamora levantou uma sobrancelha, observando enquanto as naves desapareciam das câmeras.

— Acho que não.

— Ei — disse o Senhor das Estrelas, seu tom repentinamente animado. — Se alguém os abateu, pode ser que tenhamos alguns aliados aqui!

— Você tá de brincadeira? Fui eu! — disse Rocky. — Nunca ouviu falar de uma, há, explosão de efeito retardado? É absolutamente incrível.

— Eu sou Groot — disse Groot, apontando para a frente enquanto a *Milano*, tremendo de forma violenta, se preparava para pousar. Enquanto eles se aproximavam de terra firme, Gamora podia ver que os anéis celestiais talvez fossem a única coisa bonita que tinha restado ao planeta. Era um mundo cinza, estéril e arrasado. Eles passaram sobre o que parecia ter sido o lar de uma civilização avançada, mas que tinha sido bombardeada e transformada em escombros.

Não havia ninguém à vista.

— Deus, estamos em campo aberto — disse o Senhor das Estrelas, apontando para um trecho do solo. Estava destruído e repleto de corpos. De onde eles estavam, não dava para saber se eram corpos de thandrid ou não, mas logo descobririam. — É melhor torcer para que não haja mais ninguém vindo em nossa direção. Não teremos a mesma sorte novamente.

— Não acredito que tenha sido sorte. Esta é uma zona de guerra — declarou Gamora. — Quem quer que tenham sido os incarnadinos, eles resistiram.

— Não estou gostando dos verbos no passado, preciso dizer — disse Quill.

— Eu também não — disse Gamora, compartilhando um olhar sombrio com ele.

Com uma série de quatro pancadas duras e destruidoras, eles pousaram. O Senhor das Estrelas se encolheu, e Gamora sabia que ele estava imaginando o dano causado à nave. Ela não podia deixar de sentir o mesmo. Gamora nunca tinha se orgulhado de uma espaçonave antes de conhecer Peter Quill, mas ele tinha tornado a *Milano* mais do que um simples meio de transporte. Era um lar.

Mas, por enquanto, estava presa ali. E até que descobrissem algo, eles também estavam.

Depois de fazer uma varredura da área em seus mapas e descobrir que o último registro daquela cidade estava muito diferente da região devastada pela guerra em que pousaram, eles se dirigiram para a escotilha. Tinham concordado que entrar em contato com os incarnadinos era muito arriscado, embora a destruição das naves thandrid lhes desse a esperança de que tinham aliados à espreita dentro dos limites da cidade. Drax entregou a cada um deles quantas armas fossem capazes de carregar junto ao corpo. Preparando-se para o pior, mas não querendo prolongar a tensão de não saber exatamente o que os esperava naquele planeta, Gamora foi abrir a porta, mas hesitou.

Ela olhou de volta para seus amigos.

— Assim que pisarmos na terra, vamos o mais longe possível da nave. Quando estivermos a uma distância razoável, procuramos por um abrigo ou quaisquer instalações que ainda funcionem. Nossa melhor aposta seria, se pudermos encontrar um dispositivo de comunicação funcional com mais potência do que a nossa nave, entrar em contato com a Tropa Nova e alertá-la sobre o que está acontecendo aqui. Não nos envolvemos a menos que seja necessário. Não ficamos. Se não encontrarmos nada que valha a pena em cinco minutos, saímos da cidade em direção às colinas. De acordo?

— De acordo — disse o Senhor das Estrelas. — Além disso, só lançando uma ideia... Se alguém nesse planeta realmente abateu aquelas naves, podemos querer encontrá-los. Supondo que a guerra que travaram tenha sido contra os thandrid, vamos precisar deles do nosso lado se quisermos derrubar aquela muralha de drones de algum jeito.

— Vamos — disse Gamora, abrindo a escotilha.

Eles saíram e pisaram sobre o chão queimado. Havia cadáveres de thandrid espalhados pela área, mas também corpos de alienígenas humanoides com pele que um dia devia ter se parecido com a cor brilhante dos anéis do planeta: incarnadinos. Ali, no entanto, estavam quase totalmente cobertos de uma camada de sujeira e uma espessa substância azul que Gamora tinha certeza de que era o sangue deles.

Os Guardiões da Galáxia avançaram, empunhando suas armas, mas parecia que não havia mais ninguém ali para ser combatido. Juntos, afastaram-se da nave e começaram a caminhar na direção da cidade arruinada, cujos prédios se estendiam para o céu como ossos quebrados e ocos. Pareciam estar completamente sozinhos na área, até que se tornou óbvio que não estavam.

Um holofote brilhante iluminou a área de repente, ofuscando os cinco. Os Guardiões apontaram suas armas e lâminas para cima, tentando apertar os olhos para ver seus agressores através da luz forte, mas ela era tão intensa que queimava só de eles abrirem um pouco os olhos.

Gamora se preparou para chamar quem quer que estivesse mirando neles, mas uma voz feminina estrondosa e poderosa soou, parecendo preencher todo o campo.

— Larguem suas armas e rendam-se à Rainha Rebelde — retumbou a voz. — Ou serão executados imediatamente.

CAPÍTULO NOVE

Compreensão
Groot

Groot esperava que Gamora estivesse certa em baixar suas armas.

Naquele momento ele estava sentado sozinho em um banquinho, no que acreditava ser um abrigo subterrâneo. Através das grossas paredes de pedra, Groot ouvia vozes abafadas vindas de uma distância razoável, mas não tinha certeza se elas pertenciam a seus amigos ou a seus captores. Ele tinha esperado pacientemente, crescendo e encolhendo uma flor na palma de sua mão algumas vezes na sala vazia e úmida pelo que pareceram horas, apenas tempo o bastante para que sua imaginação corresse solta. Ele resistiu ao impulso de sair da sala para checar seus amigos, lembrando-se repetidamente de que Gamora era sábia. Na verdade, se alguém poderia conduzi-los para longe da guerra na qual eles se encontravam envolvidos, era ela, a filha caída de Thanos e a última zen-whoberiana remanescente.

Quando a voz da chamada Rainha Rebelde ordenou que largassem as armas, Gamora tinha de fato sido a primeira a se ajoelhar no chão. Tanto o Senhor das Estrelas quanto Rocky tinham se recusado, mas Drax, normalmente pronto para lutar, cruzou olhares com Gamora e depois começou a lançar suas armas ao chão. Um exército de incarnadinos, de pele perolada brilhando com uma cor diferente a cada passo, tão luminescentes e belos quanto os anéis que tornavam aquele planeta devastado pela guerra algo diferente de morto, saiu das construções ao redor com rifles voltados contra os Guardiões. Eles eram humanoides, não tão altos quanto bojaianes nem tão pequenos quanto espiralinos, e certamente nada parecidos com os thandrid. Groot ergueu as mãos em rendição, confiando no plano de Gamora, qualquer que ele fosse. Depois que o Senhor das Estrelas e Rocky finalmente cederam, os incarnadinos vendaram os cinco e os conduziram por entre a cidade em ruínas até o abrigo bolorento em que Groot estava agora. Ele estava sozinho quando seus captores tiraram os farrapos que tinham amarrado ao redor de seu rosto e saíram da sala sem falar nada. Groot suspeitava que o mesmo tivesse acontecido a seus amigos.

Naquele momento, ele olhou para cima quando a porta de pedra se abriu e uma mulher incarnadina entrou. Ela vestia um elegante uniforme verde-esmeralda com um peitoral blindado, uma gola de couro que ia até as maçãs do rosto, emoldurando o rosto em formato de coração, e um cinto repleto de uma série de lâminas curtas, a maioria delas pequenas e finas, mais parecidas com as ferramentas de uma cirurgiã do que com as armas de uma guerreira. O que não era fina, no entanto, era a arma, longa como uma espada, presa a seu lado esquerdo.

Todos os incarnadinos que Groot tinha visto até o momento tinham a mesma pele iridescente e cabelos de cores variadas — violeta, lavanda, verdes como espuma do mar —, mas aquela mulher foi a única em quem ele tinha visto um cabelo branco puro. Ele descia como cordões pegajosos sobre os grandes olhos dela, brancos como cristal, que penetravam Groot.

— Olá — disse ela, e Groot reconheceu a voz instantaneamente. Tinha sido ela quem ordenou que largassem as armas.

A chamada Rainha Rebelde.

— Eu sou Groot.

A Rainha Rebelde olhou para Groot, que começou a ter uma sensação crescente de receio. Ele entendeu subitamente o que aquilo era: um interrogatório. Considerando suas habilidades limitadas de comunicação, interrogatórios nunca terminavam muito bem para ele. Groot começou a pensar sobre como poderia usar mímicas para sinalizar "preciso que Rocky traduza para mim" quando a Rainha Rebelde rompeu o silêncio.

— E como tem passado o dia de hoje?

Groot suspirou. Era quando ele sabia que as coisas iriam mal. Ele olhou diretamente para ela e falou "eu sou Groot", que significava "Se eu puder ser honesto, o dia de hoje tem sido um pesadelo."

Para a surpresa de Groot, a Rainha Rebelde assentiu, demonstrando compreender.

— Entendo e compartilho do seu sentimento. A dor é passageira… até não ser mais.

Groot a encarou, perplexo.

Ela estendeu uma mão com quatro dedos.

— Meu nome é Jesair.

Groot segurou a mão dela na dele, suas raízes serpenteando ao redor dela enquanto davam um aperto de mão firme.

— Eu sou Groot? — perguntou ele. *Você consegue me entender?*

— De fato — disse ela, com um sorriso perfeito nos lábios. — Preciso me desculpar. Você não tem um implante tradutor?

— Eu sou… Groot… — *Eu tenho. É só que os outros… quase todo mundo, na verdade… não consegue entender as minhas palavras, mesmo traduzidas. Só Rocky.*

Ela fechou os olhos, assentindo.

— Esqueço o quão vasto e diverso o universo pode ser. É claro, é claro. Nem todos os seres se comunicam de um jeito que… como eu posso dizer, de um jeito que exista em uma linha…

— Eu sou Groot? — *Que exista em uma linha?*

— É uma expressão — disse Jesair. — Que se refere ao jeito com que os nãoincarnadinos se comunicam. Espero que não se ofenda.

Groot balançou a cabeça.

— Veja, incarnadinos são melolinguistas — disse ela. — "Existir em uma linha" significa escutar uma fala e decifrar um significado. Incarnadinos *absorvem* a fala. Nós lemos o rosto, o tom, as palavras, o pensamento, a alma. Pode parecer poético, talvez... Mas eu garanto a você, não estou sendo extravagante. É uma ciência para nós, e uma que passamos a abraçar como um povo.

— Eu... sou Groot. — *Estou tão satisfeito em falar com alguém que me entenda. Faz... tanto tempo que meus pensamentos são claros apenas para mim e meu amigo mais próximo.*

— É importante ser ouvido, e mais importante ainda ser compreendido — disse Jesair. — Tanto do que somos está presente no que falamos.

— Eu sou Groot. — *É verdade. Às vezes eu me pergunto se, por causa da forma como limito meu discurso devido ao fato de ninguém conseguir me entender, de alguma forma me tornei menos "eu".*

— Eu entendo, Groot. Você estaria confortável, então, se eu lhe fizesse algumas perguntas?

Groot inclinou a cabeça.

— Sua nave, que atualmente está guardada em segurança e a caminho de ser reparada pelos meus melhores engenheiros, foi vista por meus mapeadores deixando o planeta Bojai. Depois, você e sua tripulação viajaram em direção ao planeta Espiralite, antes de voltarem para Incarnadine acompanhados de duas embarcações thandrid. Quais eram seus negócios em

Bojai e o que os fez mudar de direção e se aproximarem do meu planeta?

— Eu sou Groot — explicou Groot. *Recebemos a incumbência de entregar suprimentos médicos a Bojai, mas fomos emboscados por uma horda de thandrid enquanto estávamos lá. Sabendo que estávamos presos nesse sistema solar pelos drones de Espiralite, tentamos localizá-los e atirar neles, mas fomos pegos pelas naves thandrid.* Groot suspirou e acrescentou: — Eu sou Groot. — *Pensamos que Incarnadine, o único planeta que não sabíamos ao certo se estava ocupado pelos thandrid, era nossa única aposta segura, embora agora eu possa ver que trouxemos problemas para seu lar. Minhas mais profundas desculpas.*

— Você viu o que sofremos aqui em Incarnadine — disse Jesair. Não era uma pergunta.

— Eu sou Groot. — *Não apenas vejo. Posso sentir.*

Jesair inclinou a cabeça. Groot não tinha certeza se ela ficou comovida com o comentário dele ou se estava pensando na próxima pergunta que faria, mas o medo que sentia de que seus amigos estivessem sendo torturados nas outras salas tinha sido aplacado.

— Acredito em você — disse Jesair. — Falei com todos os membros da sua tripulação, e embora o menor deles talvez seja o orador mais linear que já encontrei, sinto empatia pela sua situação. Vocês entraram em um corredor com três portas, cada uma com um horror diferente esperando do outro lado. Depois de suas experiências, seria compreensível que vocês reagissem ao meu comando de forma hostil, mas em vez disso, vocês abaixaram suas armas humildemente. Demonstraram que não desejam ferir este mundo.

— Eu sou Groot. — *Não desejo ferir mundo algum.*

— Ferir não é um conceito inerentemente mau — disse Jesair. — Pode ser algo merecido. Você discorda?

— Eu sou Groot... — *Concordo que às vezes é preciso ferir, sim. No entanto, minha intenção nunca é causar dor. Se houver outro jeito...*

— Mas você é um guerreiro — disse Jesair, com um sorriso. — Posso ver isso gravado na sua pele, profundamente em seus olhos. A ausência de maldade não equivale à presença de fraqueza. Você, Groot, fez e viu muito. Você sabe o que está por vir?

Groot olhou para Jesair, tentando decidir o que dizer. Já fazia muito tempo que não precisava escolher suas palavras com tanto cuidado. Por mais libertador que fosse, também era um desafio encontrar a palavra exata para dar o significado correto. Doía mais profundamente ainda do que o que tinha dito à Jesair. Ele sentia quase como se ser compreendido como alguém que só falava três palavras tinha se tornado seu normal, uma máscara que vinha usando há tanto tempo que tinha se tornado confortável se esconder atrás dela. Naquele momento, em que era compreendido, visto sem a máscara, ele precisava perguntar a si mesmo: *Quem sou eu, afinal de contas?*

— Eu sou Groot — disse ele. — *Não sei dizer o que está por vir. Espero pela paz, mas a esperança esmorece. Temo que o mal vai forçar a nossa mão.*

— "Nossa" — repetiu Jesair. — A quem você se refere?

— Eu sou Groot. — *Os Guardiões da Galáxia.*

— O Senhor das Estrelas mencionou isso... ficou surpreso com o fato de eu nunca ter ouvido falar de vocês — disse Jesair. — Sem ofensas.

Groot deu risada.

— Você está certo em temer o que teme, Groot — disse Jesair. — Não quero ser fatalista. A guerra consome muito, mas não consome tudo. Meu lar está devastado, mas o dano não foi causado apenas pelos thandrid. Meu povo, meus rebeldes, lutam contra os invasores a cada passo. Isso cobrou muito do planeta, mas todos os dias expulsamos mais deles.

— Eu sou Groot? — *Você sabe o que eles planejam?*

— Sim — disse Jesair. — Mas antes de discutir o que descobrimos, tenho uma última pergunta para você, Groot.

— Eu sou Groot. — *Fico feliz em responder.*

— Você morreria para manter seguros aqueles que ama?

Groot sustentou o olhar por um momento prolongado. Baixinho, disse:

— Eu sou Groot.

Ela respirou satisfeita.

— Bem, Groot... eu também. Acredito que temos esse interesse em comum, e que ambos sabemos o que precisamos fazer para garantir que aqueles com quem nos importamos mais profundamente, aqueles cujas almas vivem no âmago de nossos seres, continuem a viver.

— Eu sou Groot. — *Eu sei. Vamos lutar.*

— Sim — disse Jesair. — Mas primeiro... vamos beber.

CAPÍTULO DEZ

Gigante chorão
Drax

— Amanhã, estaremos em guerra... — disse Drax, sua voz um grunhido grave e ameaçador. Ele olhou através do bar improvisado e mal iluminado para Groot, Rocky, Gamora, Senhor das Estrelas, os muitos rebeldes incarnadinos e depois, por fim, para Jesair, cujo olhar ele sustentava antes de bater em seu próprio peito ferozmente com o punho. Depois, com a outra mão, ergueu sua caneca no ar, o líquido verde de dentro dela respingando e caindo sobre o balcão:

— HOJE À NOITE NOS COMPROMETEREMOS COM AS FESTIVIDADES!

Todos no salão ecoaram seu gesto com comemorações ensurdecedoras, depois beberam o conteúdo das canecas que erguiam. Drax bateu a sua no balcão, que consistia em uma mesa empilhada sobre outra, e a deslizou para o barman, que momentos antes tinha se apresentado como um dos generais de Jesair.

A verdade era que ali não era bem um bar, mas um dos únicos edifícios da cidade que ainda tinha solidez estrutural o suficiente para abrigar algum tipo de reunião. As paredes eram feitas de um material muito parecido com o concreto, resistente e espesso, e ainda assim havia marcas de queimado nas paredes de algumas áreas. Drax imaginou um tiroteio entre os thandrid e os incarnadinos entre aquelas paredes, e seu ódio pela espécie insetoide cresceu ainda mais.

Jesair caminhou até Drax enquanto a sala se enchia de conversas.

— Um belo brinde — disse ela. — Os incarnadinos tendem a usar seus brindes como oportunidade para expor tópicos como a natureza da vida, sua continuidade com a morte, e assim por diante. Se não fosse por você, poderíamos ter esperado até o amanhecer. Obrigada por sua brevidade.

Drax resmungou e depois sorriu.

— Seu sustento — disse o barman, colocando a caneca recém-cheia diante de Drax.

— Um nome estranho para cerveja — disse Drax, acenando com a cabeça em gratidão ao general barman.

— Ah, não é cerveja — disse Jesair. — Bem, não é *só* cerveja. É tudo.

Drax tirou os lábios da bebida. Ele não tinha certeza do que Jesair queria dizer, mas *sabia* que, embora tivesse ingerido uma grande quantidade de coisas nojentas para se alimentar ao longo dos anos, quando a comida era escassa, ele não ousaria comer *qualquer coisa*, e certamente não *tudo*.

— O que isso significa?

Jesair deu um gole em sua própria bebida.

— Nossa comida é nossa bebida, nosso medicamento, nossa vida — disse ela, inclinando sua caneca. — Só temos isso, e só precisamos disso.

— Então… — disse Drax — se este "sustento" também for um medicamento, se eu beber demais, beber *mais* me curaria de qualquer bebedeira.

— Uma maneira estranha de ver as coisas, mas sim — disse Jesair. — Você gosta disso?

Drax acenou com a cabeça, cordialmente. O gosto da bebida era limpo e as bolhas faziam cócegas em sua garganta. Ao contrário do burburinho do álcool, aquela bebida tornava tudo mais claro e nítido. Ele percebeu, então, na clareza exacerbada que a bebida oferecia, que Jesair era muito bonita. Ele tinha pensado originalmente que os olhos dela eram totalmente brancos, mas agora via que eles, assim como a pele da incarnadina, refletiam a luz ao redor como um prisma, captando tudo e transmitindo sua beleza para todos que olhavam para ela. Drax se perguntou como seria tocar a pele da bochecha dela.

— O que foi? — perguntou ela, estreitando os olhos. — Tenho algo em meu rosto?

— Nada! — Drax levantou e se virou, com os olhos arregalados, enquanto examinava a sala. Localizou o Senhor das Estrelas apoiado em uma mesa, conversando animadamente com duas mulheres incarnadinas. — Com licença, acho que ouvi alguém me chamando. Alguém dizendo "Drax, venha aqui... agora".

— Ah — disse Jesair, perplexa. — Eu...

Drax se virou antes que ela pudesse terminar a frase e foi direto até o Senhor das Estrelas. Ele passou entre um grupo de incarnadinos, alguns dos quais pareciam ter medo dele, enquanto outros lhe dirigiam sorrisos sinceros. Assim que estava a uma distância de onde pudesse ser ouvido pelo companheiro, ele gritou:

— PETER QUILL!

— Oh, ei, Drax. Você parece... bastante sustentado — disse o Senhor das Estrelas, tomando um gole da bebida. — E aí, cara?

— Repita a história que estava compartilhando com essas mulheres que está tentando impressionar — disse ele, forçando um sorriso enquanto dava um tapinha nas costas do Senhor das Estrelas, jogando-o para a frente. Todo o conteúdo da caneca que ele segurava espirrou nas duas incarnadinas, que pularam dos assentos encharcadas pela bebida.

Elas se levantaram, lançaram a Drax um olhar irritado e se viraram sem dizer uma palavra, caminhando na direção do barman, que tinha visto o que aconteceu e já estava pegando uma toalha suja.

O Senhor das Estrelas ficou olhando para elas, protestando em silêncio. Com um grande suspiro, Drax sentou-se onde elas estavam e colocou sua caneca sobre a mesa. Ele deu um tapinha no assento ao lado dele.

— Cara, o que você está fazendo? — perguntou o Senhor das Estrelas.

— Este gesto — disse Drax, dando tapinhas no banco novamente com movimentos exagerados de desenho animado — significa um pedido para que você se sente.

— Eu sei o que... quer saber, não importa — disse Quill, inclinando-se para Drax. — Eu estava contando a elas a história dos thandrid em Bojai. Estava quase chegando na parte em que fiz aquele truque com a pistola e acertei três de uma vez com um único tiro, até você as espantar.

— Eu não as espantei — disse Drax. — Você é que espanta.

— Vamos fazer as contas. Dois minutos atrás eu tinha uma caneca cheia e estava conversando com as duas rebeldes mais bonitas deste lugar, talvez do planeta inteiro! Agora eu não tenho mais bebida e estou falando com você. Com certeza *você* é de espantar qualquer um.

Drax se levantou, fazendo o banco ser jogado para trás enquanto caminhava na direção do Senhor das Estrelas com um olhar puramente ameaçador.

— Elas... *não* eram as rebeldes mais bonitas deste lugar!

O Senhor das Estrelas franziu a testa, se afastando um passo de Drax. Alguns dos incarnadinos próximos assistiam, perplexos.

— Drax — disse o Senhor das Estrelas. — O que foi? O que aconteceu? Não quero dizer que você está agindo feito um louco, maaas você não está parecendo muito com alguém que *não* é louco.

Os olhos frios de Drax fixaram-se nos de Quill por um momento, antes dele murchar e balançar a cabeça.

— Já fiz papel de bobo duas vezes essa noite.

O Senhor das Estrelas pegou o banco e o colocou de novo em pé. Ele se sentou e, olhando para Drax, deu um tapinha no assento.

Drax se sentou.

— Tenho certeza de que você, há, nós dois, poderíamos nos desculpar com aquelas duas — disse Quill. — Elas pareciam superlegais, então não acho que você tenha com o que se preocupar. Elas estão muito mais preocupadas com, você sabe, morrer em uma chuva de raios laser espiralinos do que em ficarem encharcadas. Juro.

— Não estou me referindo a elas! — disse Drax, batendo o punho contra a mesa. Ele olhou para o Senhor das Estrelas e, depois, o mais sutilmente que conseguiu, sacudiu a cabeça indicando o outro lado do bar.

Ele e o Senhor das Estrelas ergueram os olhos para ver Jesair rindo com Groot e Rocky.

— O quê, a Rainha Rebelde? — perguntou o Senhor das Estrelas. — O que você disse a ela de tão ruim?

— Se você contar a outro ser vivo, vai deixar de ser um — disse Drax com os dentes cerrados.

— Qual é o seu problema, cara? — perguntou o Senhor das Estrelas. — O que poderia me contar que eu ainda não sei sobre você? Lembra daquela vez que lutamos contra o dragão do pântano e o hálito dele queimou suas roupas? Tenho essa imagem gravada na minha memória para sempre. Juro, nada que você diga vai superar aquilo.

Drax apertou a mandíbula, inclinou a cabeça para trás e disse:

— Estou envergonhado.

— Vamos — disse o Senhor das Estrelas, suavizando o tom. — Brincadeiras à parte, quase morremos hoje. Juntos. Porque é assim que fazemos as coisas, certo?

Daquela vez, Drax olhou nos olhos dele e riu.

— Sim, você está certo — ele baixou a voz e se inclinou para o companheiro. — Tudo começou quando Jesair estava me interrogando. Eu sabia o valor da escolha de Gamora, que nossa única esperança de sair daquela situação era nos aliar aos incarnadinos. Respondi a todas as perguntas dela e jurei lealdade até que pudéssemos escapar desse problema juntos.

— Sim, eu também — disse o Senhor das Estrelas. — Todos nós fizemos isso. Acho que Rocky pode tê-la insultado algumas vezes antes, pelo que ouvi, mas eles parecem estar bem agora.

— Não é isso — disse Drax. — Quando Jesair revelou todo o escopo do plano dos thandrid, as coisas ficaram...

— Ficaram o quê?

A voz de Drax ficou ainda mais baixa, um sussurro quase inaudível:

— Pessoais.

Duas horas antes, Drax sentou-se diante de Jesair, respondendo às perguntas e escutando a voz imponente e melódica da incarnadina.

— Então você compreende a extensão do horror que se apoderou de nosso sistema solar? — perguntou ela a Drax, que até então tinha usado o mínimo possível de palavras para responder às perguntas. Ela falava em uma linguagem floreada, grande parte da qual Drax não entendia, e ele lutava contra o desejo de procurar significados em todas as frases. Ele podia não ser capaz de entender todas as figuras de linguagem, mas tinha se tornado bastante bom em perceber *quando* alguém poderia estar usando uma delas.

Jesair, no entanto, era muito difícil de ser analisada.

— Eu compreendo — disse Drax. Depois de pensar por um momento, acrescentou: Compreendo que os thandrid têm um uso diferente para cada planeta. Compreendo que vocês estão resistindo. E compreendo *isto* mais do que tudo.

— Sim, Drax — disse Jesair. — Para alguém que se intitula como o "Destruidor" você é um pensador iluminado. Deixe-me tornar a situação mais clara...

— Acenda sua luz — disse Drax.

— Os thandrid são uma raça guerreira, como você provavelmente notou durante sua batalha contra eles em Bojai — disse Jesair. — Estabeleceram-se em Espiralite e formaram uma aliança com o imperador daquele planeta... Z'Drut. Embora ainda não saibamos a extensão de tal aliança, seja ela forçada ou uma escolha, as primeiras missões de espionagem confirmaram que a muralha de drones que oculta nosso sistema solar do resto do universo é alimentada por energia espiralina.

— Há quanto tempo isso vem acontecendo? — perguntou Drax.

— Até onde sabemos, começou há cerca de dois meses — disse Jesair.

Dois meses. Foi mais ou menos na mesma época, pensou Drax consigo mesmo, que Kairmi Har tinha contado ao Senhor das Estrelas que bojaianes começaram a apresentar os sintomas de uma praga neurológica.

— Então Bojai foi atacado primeiro — disse Drax.

— Pensando bem, esse parece ser o caso. Não sabíamos, na época, sobre a realidade dos problemas de Bojai. Ainda não sabemos há quanto tempo esse plano está em andamento. Veja, Espiralite esteve numa situação complicada por um bom tempo. A fonte de energia deles era tão valiosa que atraiu muitas espécies agressivas que tentaram usá-las para seus próprios propósitos, o que levou a muitas invasões devastadoras que remontam a um período anterior à nossa história escrita. Meu marido, o rei... quando era vivo... ofereceu ajuda a Espiralite. Éramos aliados, desconfortáveis, sim, já que Z'Drut nunca confiou em Incarnadine, mas aliados mesmo assim. Em vez de aceitar nossa oferta, eles buscaram a aliança com os thandrid... Mas talvez isto esteja em andamento há mais tempo do que qualquer um de nós sabe.

Drax olhou para ela.

— Como seu marido foi morto?

Jesair ficou em silêncio por um tempo. Drax a observou, perguntando-se quão diferente os pensamentos dela deveriam ser dos seus. Parecia haver um abismo insondável entre os dois, Jesair com suas ideias e palavras incompreensíveis, e ele, Drax. Mas então, quando ela falou com ele novamente, parecia subitamente longe de ser insondável.

— Em Incarnadine, não há distinção entre um rei, um general e um guerreiro. Não digo isso para exaltar as virtudes dos líderes eleitos do meu povo, mas para explicar por que ele estava onde estava — disse Jesair. — O nome dele era Irn, e ele era lindo na mente e profundo na alma. Quando os problemas começaram a se tornar conhecidos em Bojai, no que tanto Bojai quanto nós acreditávamos ser uma doença em vez de uma invasão, Irn foi um dos primeiros "espiões" mencionados a viajar ao planeta na esperança de descobrir a fonte dos problemas de nossos vizinhos. Quando viu os thandrid e começou a se questionar se eles estariam relacionados à doença, Irn tentou alertar a hierarquia bojaiane, mas foi atacado. Seus homens foram massacrados. Ele alcançou sua nave com um outro, e a filmagem que temos, transmitida da espaçonave a uma central de comando agora destruída, mostra que pousaram perto das instalações do imperador em Espiralite. Eles nunca mais voltaram.

Drax olhou para os olhos perolados de Jesair, que brilhavam com a luz da sala, quando ela fez uma pausa, respirou fundo e continuou:

— Pouco depois disso, começaram os ataques contra Incarnadine. Armados com energia espiralina, os thandrid atacaram nossas cidades, desencadeando uma série de ataques terrestres que culminariam em uma invasão massiva um mês depois... e foi quando a muralha de drones foi erguida. Agora, isolados do universo, os thandrid nos atacam livremente e com força total. Viajei muito, reunindo forças rebeldes dos sobreviventes das minhas cidades para lutar contra a aniquilação... Mas as fileiras dos thandrid parecem crescer diariamente.

Drax estreitou os olhos.

— Seu marido...

— Sim?

— Você nunca o viu morrer — disse ele. — Z'Drut mantém uma prisão, e ela está cheia de muitos...

— Não o vi morrer, mas vi imagens do imperador Z'Drut, com sua guarda thandrid, executando meu povo. — Ela fez uma pausa antes de continuar. — Os Espiralinos operam dentro de um sistema de castas, com o imperador como o bem supremo. Ele veria Irn como um igual, e um inimigo maior do que os guerreiros que ele achou adequado matar. Meu marido... — disse Jesair, com uma nova dor em sua voz — está morto.

Antes que pudesse se conter, Drax estendeu a mão.

— Minha esposa... — disse ele, com um ligeiro tremor na voz. — Minha filha.

Jesair segurou sua mão. O toque era suave, quente ao contato. Forte. Enquanto segurava a mão dela naquele momento, Drax sentiu seus olhos arderem com as lágrimas.

Ele retirou a mão e levantou-se de forma abrupta, afastando-se dela, e tossiu.

— De-desculpe. Eu... estou me recuperando de um resfriado.

— Melhoras — disse ela, suavemente.

Drax, ainda de costas para ela, disse, após uma longa pausa:

— Desejo o mesmo a você...

— Espera, quer dizer que você chorou? — perguntou o Senhor das Estrelas.

Drax o agarrou pela camisa e o puxou para perto. Seu lábio superior se curvou de raiva, e ele disse:

— Você ousa zombar de mim depois de eu ter compartilhado meu relato?

— Não estou zombando! Completamente sem zombarias! — disse o Senhor das Estrelas. — Escute, cara... chorar? Não é grande coisa! Você já me viu chorar antes, não é? Eu choro. Todos nós choramos, cara.

Drax estreitou os olhos.

— Isso é verdade?

— É verdade — disse o Senhor das Estrelas, libertando-se de Drax. — Eu chorei um pouco mais cedo, quando Groot deu aquele grande abraço em Gamora. É normal chorar. Isso não faz você *deixar* de ser Drax, o Destruidor. Só também o torna Drax o... — o Senhor das Estrelas deu um grande passo para trás — ... o gigante chorão.

Drax esticou a mão para o Senhor das Estrelas, rugindo, mas o companheiro riu, levantando as mãos.

— Estou brincando! Prometo que da próxima vez que eu chorar, avisarei você. Vai ser um grande momento. Vamos compartilhá-lo.

Com um grande suspiro, Drax assentiu.

— Sim... Isso parece excelente.

— Ei, espere um segundo — disse o Senhor das Estrelas, deslizando de volta para perto dele. — Você disse que fez papel de bobo *duas* vezes. Qual foi a outra?

Drax acenou com a cabeça, mais uma vez na direção de Jesair.

— *De novo?* — perguntou Quill. — O que você fez?

— Terminei abruptamente uma conversa adorável — disse Drax.

— ... Você acabou de dizer "uma conversa adorável"? — perguntou o Senhor das Estrelas.

— A Rainha Rebelde... Jesair... falar com ela faz minha cabeça e meu peito sentirem uma... torrente de pensamentos — disse Drax, procurando as palavras. — Ela... me faz pensar, falar e me sentir de fora de quem eu sou. De fora de Drax, o Destruidor.

— Uau — disse o Senhor das Estrelas. — Se eu tivesse apenas um dedinho de autocontrole restando, estaria chamando Gamora para ouvi-lo agora mesmo. Você não é Drax, o Gigante Chorão, cara. Você é Drax, o Amante.

— Você está falando coisas sem sentido — rebateu Drax.

— *Você* é que está falando coisas sem sentido! — disse o Senhor das Estrelas, sorrindo. — Como um cérebro pode sentir uma torrente de pensamentos? Como alguém pode estar fora de si mesmo? Você está apaixonado pela Rainha Rebelde, cara.

— Não — disse Drax. Ele olhou para o Senhor das Estrelas, balançando a cabeça. — Eu nunca vou sentir amor novamente. Não é isso.

— Então o que é? — perguntou Quill.

Drax olhou mais uma vez para o outro lado do bar e viu Jesair conversando animadamente com Groot e Rocky, com um sorriso resplandecente, os olhos alegres, a pele captando a luz fraca do salão e refletindo-a duas vezes mais.

— Uma alma gêmea — disse Drax.

Mais tarde naquela noite, quando as festividades cessaram e os rebeldes começaram a se preparar para a vigília noturna, Jesair reuniu os Guardiões da Galáxia e os conduziu a um abrigo muito mais agradável do que o bar improvisado, que Drax suspeitava ter sido um tribunal antes da cidade ter sido devastada. O abrigo no final do caminho era mais quente do que qualquer edifício em que eles tinham estado, e ainda tinha eletricidade suficiente para iluminar as paredes com um brilho fraco, mas consistente. Ele oscilava, mas já era alguma coisa.

— Temos um guarda escondido vigiando a área, assim como vocês perceberam quando pousaram — disse Jesair. — Vemos tudo o que passa por estes céus, e a cidade está repleta de guerreiros à espera do menor sinal de um inimigo. Vocês podem descansar em paz aqui, sem temer um ataque.

— Descansar em paz — disse Rocky. — Caramba, alteza. Não foi a melhor escolha de palavras.

Drax olhou feio para ele.

— Ah, um coloquialismo que não conheço, embora veja o significado claro em seu rosto — disse Jesair a Rocky com uma risada. — Você com certeza não morrerá sob meus cuidados.

— Rainha Jesair, se me permite... — disse Gamora. — Definimos que minha equipe ajudará seu pessoal nesta batalha, e vice-versa, mas ainda não definimos um plano.

— Ah, o tempo é essencial para você — disse Jesair. — Eu entendo, Gamora. Onde nossa batalha é existencial, a sua é passageira. Você vai sair deste mundo e gostaria de fazê-lo depressa.

— Não quero ofender — disse Gamora.

— E eu não fiquei ofendida — disse Jesair. — Somos muito mais do que nossas palavras... mas eu lhe darei a minha, na esperança de que ela alivie sua mente o bastante para que sonhe profundamente esta noite. Para impedir os thandrid antes que se tornem um império indomável no modelo dos skrulls, dos kree e dos chitauri, como parece que planejam fazer, devemos expor as ações deles ao universo em geral. Suas fileiras já cresceram demais para qualquer outro curso de ação.

— Eu sou Groot — disse Groot.

— Exatamente. A muralha de drones — disse Jesair. — Ela nos impede de nos comunicarmos, assim como impede as pessoas de enxergarem dentro dela. Assim que os drones caírem, os males dos thandrid serão expostos. Existe um universo de aliados, inconscientes de nossos problemas.

— Vocês têm armas poderosas o bastante para localizar e disparar contra os drones? — perguntou o Senhor das Estrelas.

— Isso é o que estávamos tentando fazer.

— Receio que não — disse Jesair. — Eles estão espalhados e escondidos por todo o sistema solar. Precisariam ser desativados em um local central, embora eu não saiba da existência desse lugar. Talvez nos escritórios de Z'Drut, mas não saberia dizer.

— A torre... — disse Drax, estreitando os olhos. Ele levantou o olhar, surpreso ao ver todos os olhos fixos nele. — Jesair falou mais cedo sobre a ideia de que os drones eram movidos pela energia natural de Espiralite. Ela brilhava mais intensamente na torre.

— Além disso, o que quer que estivessem minerando ao redor da prisão... — acrescentou Rocky.

— Não é como na torre — disse Drax. — Acredito que o trabalho realizado nas minas da prisão são uma forma de explorar a energia do planeta para promovê-la... muito parecido com a perfuração de petróleo. Mas aquela torre... aquela coisa é um canal para o poder, depois de reunido. Em Espiralite, ela brilha mais forte do que a própria luz do sol.

— Bem, se aquele realmente for o local, talvez pudéssemos bombardear a torre — sugeriu o Senhor das Estrelas. — Rocky, você ainda deve ter um bom estoque, não tem?

— Nada que possa ser usado daqui. Precisamos chegar bem perto, de qualquer maneira, porque aqueles drones são móveis.

Se puderam apreender nossa nave daquele jeito, pode apostar que detectariam uma bomba avançando contra eles. Não, precisaríamos estar bem perto do alvo — disse Rocky. — E parece que, quando nos aproximamos o bastante para causar danos, eles já estão atrás de nós.

Drax se voltou para Groot.

— Você viu uma nave em Espiralite carregando thandrid mortos.

— Eu sou Groot.

— Ele disse "Mortos ou talvez apenas feridos" — disse Jesair. — E sim, eu posso confirmar isso. Quando os thandrid atacam, eles costumam ter outra nave que recolhe seus mortos. Não costumam se aproximar da nossa fortaleza para fazer isso, mas quando thandrid são mortos nos arredores ou em outros campos de batalha, sim.

— Por que razão? — perguntou Rocky.

— Pelo que entendo, eles são uma espécie profundamente religiosa — disse Jesair. — Não tenho como saber exatamente, mas tenho visto evidências nos campos de batalha de que eles se alimentam dos mortos em um ritual canibal que...

— Uau — disse Rocky. — Sabe, acho que já estou bem com meu conhecimento sobre eles. De bolsas de ar e bebês de cabeça a uma dieta baseada em se alimentar de amigos mortos, não acho que preciso de mais informações, obrigado.

Jesair suspirou.

— Eles são seres complexos, por mais que seja conveniente não percebê-los assim.

— Você acredita que eles virão coletar os corpos das naves que seu povo abateu? — perguntou Drax. — As naves que estavam nos seguindo.

— Certamente — disse Jesair. — Eles vêm regularmente para recolher os corpos, embora lutem para conseguir. Nossos guerreiros os mantêm ocupados. Mas certamente irão coletar os mortos das naves primeiro, porque caíram do lado de fora da cidade.

Drax sorriu.

— Então nosso curso de ação está definido.

— Espere, o quê? — perguntou Rocky. — Perdi alguma coisa?

— Drax, você é um gênio — disse Gamora, radiante. — Absolutamente brilhante.

— Do que todo mundo está falando? Mandem a explicação, por favor!? — exclamou Rocky.

Se pudermos emboscar os thandrid sem danificar a nave, podemos usá-la para retornar a Espiralite sem sermos detectados — disse Drax. — Se pudermos posicionar a nave de forma que tenhamos uma boa linha de tiro contra a torre de energia... podemos destruí-la.

— Incrível — disse Jesair. — Um plano digno de um guerreiro como você. Obrigada, Drax.

— Espere, espere, espere — disse o Senhor das Estrelas. — Estamos presumindo que não existe, tipo, algum tipo de varredura facial ou comando de toque à prova de alienígenas, ou algo parecido naquela nave. Aquelas coisas são telepáticas, de qualquer maneira, então talvez elas pilotem com as mentes! Não sabemos se isso vai funcionar.

— Talvez não funcione — disse Jesair. — Mas tentaremos assim que a manhã chegar.

— E se falharmos? — perguntou Gamora.

— Eu falhei tantas vezes — disse Jesair. — E ainda assim, resisto. — Ela se virou para Drax. — Obrigada mais uma vez, Drax. É um ótimo plano.

Drax sorriu para Jesair, e ela estendeu o braço e tocou sua mão novamente. Daquela vez, enquanto segurava a mão dela, ele não se afastou.

CAPÍTULO ONZE

Do outro lado
Gamora

No dia seguinte, Gamora foi a primeira entre seus amigos a acordar. Para sua surpresa, a dor que sentia quando foi dormir tinha diminuído bastante. Ela tocou o dorso do nariz e, sentindo não mais do que um corte fino e saltado, levou a mão até o bíceps, que estava liso, exceto por uma mancha escorregadia onde, horas antes, havia um corte aberto.

— Que baita bebida — murmurou Gamora para si mesma, pensando nas muitas canecas de "sustento" incarnadino que tinha apreciado na noite anterior. Como a guerreira que era, seu pensamento seguinte foi que uma ferramenta medicinal potente como aquela seria inestimável em uma guerra. Porém, pelo que tinha visto do planeta, os conflitos com os thandrid não estavam deixando muitos soldados apenas feridos.

Gamora estava satisfeita em contar com a Rainha Rebelde e suas fileiras como aliados. Por pior que fosse a situação, juntos eles teriam uma chance de lutar, e aquilo já era alguma coisa. A última coisa que ela esperava depois da peça que o imperador Z'Drut havia encenado em Espiralite, e do ataque brutal no planeta caído de Bojai, era ser recebida em Incarnadine com bebidas, risadas e amizades. Aquele, porém, era o lance com as guerras. Ela já tinha passado por aquilo muitas vezes e ouvido mais do que sua cota de autoproclamados poetas de guerra tentando narrar as histórias épicas de seus planetas, relembrando histórias de violência e de pessoas despojadas do que as tornava civilizadas, forçadas a lutar pela sobrevivência como animais. Havia guerras como aquelas, é claro, mas não era o que Gamora tinha experimentado. Não em Incarnadine, não em seu tempo como uma Guardiã da Galáxia, e não na vida que havia levado antes.

Quando as pessoas estavam em guerra, elas viviam por aqueles momentos fugazes de riso, luz e vida. Talvez ela não devesse ter ficado tão surpresa por ser tão rapidamente abraçada por Jesair e seu povo. Afinal, Gamora e seus amigos tinham ido para lá como um último recurso possível, esperando que houvesse algo de bom restando naquele canto da galáxia. Acontece que tinha mais gente por aí esperando a mesma coisa.

Enquanto Gamora observava seus amigos começando a acordar, prometeu a si mesma não decepcioná-los. Nem sua tripulação, nem os incarnadinos. Tinha visto o mal vencer muitas vezes, e era muito fácil esquecer o bem que existia no universo, esperando, procurando por algo que o ajudasse a lutar.

Hoje, prometeu Gamora em silêncio, *os rebeldes vencem.*

Depois de um rápido desjejum com o mesmo líquido verde e espesso, uma equipe de rebeldes incarnadinos levou os Guardiões da Galáxia de volta ao abrigo subterrâneo onde tinham sido interrogados por Jesair. Lá, foram conduzidos ao armário onde suas armas estavam guardadas. Armaram-se com espadas, armas, pistolas laser e lançadores de foguete, e depois se encontraram novamente com Jesair e uma equipe de oito rebeldes ao lado de fora. A poeira girava no ar, mas graças ao modo como os anéis incandescentes do planeta lançavam uma variedade de cores vibrantes por toda a paisagem da cidade em ruínas, Gamora não pôde deixar de se maravilhar com a beleza dali, mesmo com toda a destruição.

— Bom dia a todos — disse Jesair, com a voz clara e poderosa. — Espero que tenham dormido bem e agradeço por estarem ao meu lado hoje. Tenho novidades para compartilhar...

três naves thandrid foram avistadas por meus vigias deixando Espiralite e pousando em Bojai esta manhã.

Enquanto ela falava, Gamora teve um vislumbre repentino do imperador Z'Drut em sua mente — ele era o oposto de Jesair, escolhendo cada uma de suas palavras na tentativa de mascarar suas verdadeiras intenções. Quando Jesair falou, Gamora sabia que não havia distância entre o que ela sentia e o que dizia. No passado, Gamora poderia ter considerado aquilo uma fraqueza. Afinal, Z'Drut parecia ter a vantagem entre os dois, qualquer que fosse seu objetivo final. Ela sabia, porém, que havia honra em confiar nos outros, e que líderes e guerreiros eram mais fortes quando sentiam as perdas profundamente.

Jesair continuou:

— Aqueles thandrid começaram o trajeto em direção a Incarnadine há pouco tempo. Eles entrarão em nossos céus dentro de instantes.

— Os thandrid devem saber que você os está observando — disse Drax. — Eles não se importam em manter o elemento surpresa?

— Costumavam se importar — disse Jesair. — E me preocupa o fato de que não se importam mais. Ainda que nossa fortificação nessa cidade resista, o inimigo sabe que a guerra não está a nosso favor. Para ele, nós perdemos.

— Vocês não perderam — disse Drax. — *Nós* não perdemos. Ainda não. E nem vamos.

— Quantos deles cabem em cada nave? — perguntou Gamora.

— Às vezes eles viajam em três numa só, outras vezes em até quinze indivíduos — disse Jesair. — No entanto, apenas uma das naves virá buscar os mortos. Com base no comportamento observado, as outras irão atacar. Nosso grupo se moverá em direção aos destroços das naves abatidas de ontem, uma caminhada de menos de três minutos para nós. Podemos esperar a chegada da nave ali. Enquanto isso, tenho uma segunda equipe, maior, posicionada a oeste de nós, à distância. Quando as naves thandrid estiverem ao alcance, vão se envolver em um tiroteio, atraindo as naves de guerra para longe da nave coletora. Quando essa última pousar e as duas outras estiverem a uma distância segura, nós atacamos.

— E aí vamos pilotar aquela tranqueira de volta para Espiralite! — interrompeu Rocky, apontando entusiasmado para o canhão desajeitado preso às suas costas. Tinha o dobro do seu tamanho, projetando-se para os lados como asas horríveis, e tinha um cano grande o bastante para Groot enfiar a cabeça inteira dentro. — Esse bebê aqui é o que eu gosto de chamar de VTCUPISPTPF 6000.

— O... *quê?* — perguntou Gamora.

— VTCUPISPTPF 6000 — repetiu Rocky. — Para leigos, esse é o "Você Tá Com Um Problemão, Idiota. Seu Planeta Tá Pegando Fogo!".

— Por que 6000? — perguntou Drax, franzindo a testa.

Rocky encolheu os ombros.

— Soa maneiro.

— Eu disse a ele para chamar apenas de Uga-tchaca, mas não — disse o Senhor das Estrelas —, ele tinha que escolher o ABCDEFG 600.

— Essas iniciais todas têm o poder de destruir a torre de energia Espiralina? — perguntou Jesair.

— Vai virar uma cratera fumegante — disse Rocky, dando um tapinha suave na lateral do canhão largo. — O problema é que temos que estar perto, ou a bola de fogo que ela dispara vai fazer cabum antes de atingir o alvo.

— Cabum também é um nome melhor — acrescentou o Senhor das Estrelas.

— Se derrubar aqueles drones, não me importo se ele a chamar de "querida" — disse Gamora. Depois, ela se virou para a Rainha Rebelde. — Rainha Jesair, se houver alguma surpresa e as coisas não correrem como esperamos... devemos ter uma cadeia de comando. Somos convidados em seu planeta e fico mais do que feliz em entrar na fila.

— Eu também — disse o Senhor das Estrelas.

— Seria uma honra — disse Drax, com um tom atipicamente reverente.

— Eu sou Groot — disse Groot.

— Contanto que eu consiga estourar aquela torre e vê-la cair na fuça estúpida de Z'Drut, farei tudo o que me disserem — disse Rocky.

— Vocês são humildes e corajosos — disse Jesair. — Em Incarnadine, agimos como um. Em pé de igualdade. Todas as ideias são tão poderosas quanto as do próximo. Porém, sou eu quem seguirá sua liderança assim que fizermos a jornada final para Espiralite. Com sua experiência recente lá, acredito que vocês cinco conhecem o caminho melhor que eu ou meu povo.

— Por mim tudo bem — disse o Senhor das Estrelas. — No entanto, acho que todos podemos concordar que, assim que a muralha de drones cair, sairemos de lá e buscaremos ajuda externa.

— Totalmente — disse Gamora.

Um estalo alto ecoou no ar e Jesair voltou os olhos para o céu.

— O sinal — disse ela. — As naves thandrid se aproximam.

Jesair liderou o caminho, andando ao lado de Drax, enquanto eles se arrastavam por uma série de prédios em ruínas, fazendo sua jornada em direção ao local que as embarcações thandrid tinham sido abatidas no dia anterior. Gamora não podia ouvir o que eles estavam dizendo, mas notou uma quantidade surpreendente de sorrisos e palavras trocadas suavemente entre seu companheiro e a Rainha Rebelde. Normalmente, Drax tratava os alienígenas que encontravam em suas viagens com total desprezo, humor inadequado ou completa confusão. O que estava vendo entre ele e Jesair era novo, e ela precisava admitir que gostava de ver o amigo sorrir.

Ela se virou para o Senhor das Estrelas e bateu no braço dele.

— Olhe para aquilo. Sou só eu, ou Drax está... não quero dizer flertando, mas não o vejo sorrir assim desde... bem, talvez nunca tenha visto ele sorrir assim.

O Senhor das Estrelas olhava para a frente, com os olhos arregalados e a mandíbula cerrada.

— Quill, você me ouviu? — perguntou Gamora.

— Estamos prestes a sequestrar uma nave — respondeu ele, mordendo os lábios. — Preciso ficar focado, não posso falar do que não sei.

Gamora ficou boquiaberta.

— O que você sabe que não está me contando?

— Drax chorou! — deixou escapar o Senhor das Estrelas, antes de levar as mãos à boca. Ele estremeceu, balançando a cabeça, depois se virou para Gamora, falando em voz baixa e apressada: — Droga. Não devia ter dito nada. Drax chorou e está completamente interessado nela, e eu sou um completo monte de lixo por dizer isso. Um monte de lixo sujo. Mas por que ele confiaria um segredo a *mim*? E quanto a eu o induzindo a me contar? Eu te conto tudo, Gamora. Inferno, eu conto tudo ao Rocky, e ele é um guaxinim bípede que sem dúvidas está apaixonado por suas próprias armas, entããão...

Gamora ergueu uma única sobrancelha.

— Sabe? Lamento muito por ter perguntado. Vamos em frente.

— Estou um pouco confuso com tudo isso — disse o Senhor das Estrelas. — Eu meio que achei que haveria um pouco mais de... você sabe, todo mundo sentado junto, planejando. Tudo isso me parece pouco militar e mais com... com...

— Algo que você faria? — perguntou Gamora.

— Exatamente. Só que... em larga escala.

— Bem, você está vivo, não é?

— Sim, mas eu também sou apenas um cara — disse o Senhor das Estrelas. — Apenas um cara dos sonhos, incrivelmente arrojado, ágil e duro de matar, sim, mas ainda assim... só um cara. Essa é uma aposta arriscada. Posso ver um jeito de vencermos, e uma enorme quantidade de jeitos de não vencer.

— Eu te entendo — disse Gamora. — Entendo mesmo. Eu me sinto da mesma forma. Gostaria que tivéssemos mais tempo para pensar nisso. Mas olhe ao redor: os thandrid estão atacando essas pessoas. Com força. Chegamos aqui no final. Eles tiveram tempo, e perderam. Esta é uma última investida.

— Sim — disse Quill. — Estou entendendo. É só que...

— O quê?

— Eu realmente não gostei de ver aquelas coisas derrubando você ontem — disse ele, olhando para a frente enquanto caminhavam. — É isso. Eu só... Não parecia bom. Não consigo tirar isso da minha cabeça.

— Estou bem — disse ela, com um tom defensivo na voz. Quando ele a olhou, com o rosto claramente preocupado, ela soube que o interpretou mal. Para Gamora, ainda era instintivo considerar a dúvida de qualquer pessoa um insulto à sua honra como guerreira, mas não tinha sido aquilo. Ela baixou a voz e repetiu as palavras, desta vez com suavidade. — Estou bem, Peter. Sério.

Ele assentiu.

— Certo. Continue assim.

— Eu vou.

— Promete?

— Prometo.

— Eu vou ficar tão bravo se você morrer — disse o Senhor das Estrelas.

— Peter.

— Tão bravo. Você não faz ideia.

Conforme planejado, no momento em que avistaram o local do acidente, as duas naves de guerra thandrid tinham passado logo acima, avançando em direção ao segundo grupo de rebeldes. Gamora notou Jesair olhar por cima do ombro para as naves partindo, com uma profunda tristeza em seus olhos. Embora nada tenha sido dito, Gamora sabia que a Rainha Rebelde, junto de seu povo, tinha aceitado que haveria perdas naquele dia. Eles poderiam ter abatido as naves à distância, como no dia anterior, mas em vez disso os incarnadinos precisavam atrair as embarcações para longe do local, perto o bastante para envolvê-las num tiroteio. De fato, no momento em que os Guardiões, Jesair e os oito rebeldes se acomodaram em seus esconderijos quando a nave coletora thandrid começou a pousar ao lado das naves abatidas, eles ouviram uma troca de tiros à distância.

O veículo, igual à nave branca e lustrosa vista em Espiralite, pousou com uma graça fluida, com luzes azuis piscando em suas laterais enquanto descia. Assim que tocou o solo, uma abertura no topo deslizou para trás com um silvo e a primeira das criaturas esguias saiu, a luz colorida dos anéis do planeta refletindo em seu exoesqueleto preto e brilhante. Em instantes, mais três thandrid saíram da nave e se aproximaram dos destroços das outras.

O Senhor das Estrelas ergueu seu blaster quádruplo, mas Gamora pigarreou.

Com todos os olhares voltados para ela, Gamora puxou quatro facas de arremesso de seu cinto.

— Economizem munição e energia — sussurrou ela. — Vou pegá-las de volta assim que fizerem o trabalho.

— Posso? — perguntou Jesair, estendendo a mão enluvada.

Gamora assentiu e fez uma afirmação silenciosa. Colocou duas das facas na mão de Jesair, depois se voltou para os thandrid.

— Espere até que as fendas de respiração de todos se abram ao mesmo tempo — disse Jesair. — Se errarmos uma que seja, teremos que lutar. Isso presumindo que não haja mais deles dentro da nave, esperando. Se escolhermos o momento correto... derrubamos os quatro de uma vez só.

— Pela nossa experiência lá em Bojai, eu diria que devemos esperar um tempo depois de derrubá-los, apenas para ver se mais thandrid vão sair da nave — disse Gamora, observando as faces dos inimigos se abrindo e fechando a partir de seu ponto de observação. — Não queremos ter uma surpresa desagradável quando entrarmos.

— Eu já *disse* que sinto muito por aquilo! — rebateu Rocky. — Você vai me torturar para sempre?

— Nós já perdoamos você, Rocky — disse Gamora, fechando um olho enquanto posicionava a faca.

— Ah — disse Rocky. — Aquilo, há, não foi sobre mim.

— Não.

Gamora e Jesair ficaram tensas quando a respiração dos thandrid começou a sincronizar conforme eles se aproximavam da nave. As duas guerreiras trocaram olhares e então se voltaram para seus inimigos, que rastejavam abaixo, sem saber das assassinas ocultas que estavam à espreita.

— Eeee... — sussurrou Gamora. As faces dos thandrid finalmente se fecharam todos de uma vez. — Agora!

Jesair e ela arremessaram as facas. As lâminas se moveram pelo céu, as de Gamora em um arco e as de Jesair em linha reta. Elas atingiram seus alvos, todas de uma vez, e cada uma delas perfurando instantaneamente as bolsas de ar thandrid. O som das quatro estourando ao mesmo tempo foi um único estalo, que cortou o silêncio e ecoou pelo ar livre como aplausos.

Gamora olhou para Jesair, balançando a cabeça em aprovação.

— Eu nunca teria tentado um arremesso de estocada. Interessante.

— Minha mãe me ensinou — disse Jesair.

— Soa como meu tipo de mulher — murmurou o Senhor das Estrelas.

Depois de esperar por alguns instantes para se certificar de que nenhum thandrid retardatário sairia da nave para verificar seus companheiros caídos, a equipe cruzou o campo. Passando sobre os corpos dos alienígenas, Gamora olhou para trás na direção das duas outras naves. Elas ainda estavam no céu, iluminando o solo abaixo com brilhantes feixes azuis de energia. Ela imaginou aquele bar improvisado lotado de incarnadinos sorridentes e rindo na noite anterior e soube que, naquele exato momento, alguns deles estavam dando seus últimos suspiros. Eles se agarravam à vida até o fim, e depois avançaram para a batalha naquela manhã, sabendo muito bem o que poderia acontecer.

Enquanto Gamora se aproximava da nave thandrid, cercada por aqueles que mais amava no universo e por novos, mas confiáveis, aliados, ela pensou nos habitantes de Bojai, que tinham sido iludidos ao pensar que estavam sofrendo algum tipo de praga. Quando descobriram que estavam sendo ocupados pelos thandrid, se é que descobriram, já era tarde demais. Estavam morrendo sem nem mesmo ter a chance de saber o que estava em jogo, sem ter a chance de lutar.

Gamora não foi capaz de olhar nos olhos de Peter quando prometeu que sobreviveria, porque a verdade é que ela não tinha como saber. Mas quando o guarda incarnadino embarcou na nave thandrid, seguido por Jesair e Drax, depois Rocky e Groot, e então o Senhor das Estrelas, que olhou para ela e estendeu a mão, Gamora estava grata por ter tido a mesma chance que aqueles incarnadinos.

A chance de encarar seu inimigo e lutar por sua vida. Podia não ser uma posição invejável na maioria das estimativas, mas era mais do que alguns tinham conseguido.

CAPÍTULO DOZE

Voando numa linha
Rocky

— Digo isso como alguém cujo beliche cheira a chulé e molho vencido — disse Rocky, cutucando as paredes macias e orgânicas do interior da nave com a ponta de sua garra. Fluido brotou da superfície porosa, acumulando-se em sua garra como uma gota de tinta preta. — Essa nave aqui é um nojo.

Ele se encolheu, limpando o líquido nas calças, enquanto os Guardiões e os rebeldes, com as armas em punho, vasculhavam a nave em busca de qualquer thandrid escondido ou outras ameaças. O cheiro fétido dos insetoides foi a primeira coisa que notou, mas não foi a única coisa ali que fez sua já profunda aversão pelas criaturas se intensificar. Enquanto o exterior era branco e elegante, tão estéril quanto a fortaleza de Z'Drut em Espiralite, o interior era revestido com paredes carnosas, que exalavam um ar quente e úmido e pulsavam a cada poucos segundos como um batimento cardíaco enfraquecido. A nave não tinha assentos, nem acesso ao motor, beliches ou outras salas. Era simplesmente um espaço aberto, iluminado por um amplo cilindro de luz azul espiralina que se projetava do teto. No centro dela ficava o painel de controle, um dispositivo simples de projeção que no momento exibia uma imagem bidimensional da geografia de Incarnadine, marcada digitalmente com vários símbolos.

Rocky acreditava, pela forma com que Jesair olhava para a imagem, que os símbolos representavam territórios derrotados. Ou, pior ainda, alvos futuros.

— Está tudo certo aqui? — perguntou o Senhor das Estrelas. — Se vamos fazer isso, é melhor tentar atravessar a atmosfera antes que as naves de guerra voltem e vejam as bolsas de ar estouradas dos amiguinhos.

— Acho que não tem ninguém escondido aqui — disse Rocky, encolhendo os ombros. — Nós acabamos com todos eles.

— Nós? — perguntou Gamora, trocando um sorriso com Jesair.

Groot olhou as paredes da nave, desconfiado.

— Eu sou Groot...

— De fato. Esse tecido parece estar *vivo* — disse Jesair. — Mas não estou percebendo nenhum sinal de comunicação vindo da substância, por isso acho que podemos concluir que a nave não é senciente.

— Qual é a diferença?

— Uma árvore está viva — disse Jesair. — Groot é senciente. Ambos podem sentir, mas só um pode agir seguindo um propósito por conta própria.

Rocky balançou uma pata, com desdém, avançando até a área de controle.

— Contanto que não vá cuspir um daqueles malditos insetos em cima da gente, não me importo. Vamos ver se conseguimos descobrir como fazer esse balde de gosma se mover.

— Algum dia desses você deveria escrever um livro de poesia — disse o Senhor das Estrelas. — Fazer um bom uso desse seu talento.

Rocky o ignorou, passando a pata pela tela. A projeção desapareceu, o que ele tomou por um bom sinal. Se fosse capaz de puxar o mapa do sistema solar e, em seguida, focar em Espiralite, aquilo significaria que a nave operava de maneira similar à *Milano*, e que ele poderia pilotá-la normalmente.

A tela, porém, continuou vazia, e nenhum outra projeção apareceu enquanto Rocky tentava programar a tela de toque.

Ele tentou alguns métodos diferentes, mas nada parecia funcionar. Na verdade, nos primeiros momentos nada pareceu funcionar, até que ele começou a notar que, gradualmente, seu pelo estava formigando com a estática, começando a se eriçar. Enquanto olhava para o pelo eriçado em suas patas, a tela diante dele se apagou. Ficou toda preta.

— Ah, mas não vai mesmo! — disse Rocky, ríspido, e olhou sob o painel, tentando encontrar algum sistema de fiação. Nada. A tela era conectada diretamente ao núcleo de energia da nave, aproveitando a potente energia espiralina que não parecia querer trabalhar para ele. "Que pena", pensou.

Todos os olhares estavam sobre Rocky enquanto ele tentava reativar a tela apagada. Ele sentiu o ar se encher de tensão. Drax tinha começado a ranger os dentes, algo que fazia sempre que estava impaciente, um som que deixava Rocky louco, mesmo quando eles estavam apenas jantando ou bebendo, mas que era pior enquanto todos ali dentro da nave esperavam algo dele.

Respirando fundo e tentando continuar paciente, Rocky olhou para o painel de controle desativado, tentando se lembrar se já tinha visto uma nave agir daquele jeito. Sabia que, com perseverança, uma mente calma e pensamento detalhista, poderia desvendar aquilo.

Os dentes de Drax faziam barulho enquanto ele continuava a rangê-los.

Rocky soltou um grito gutural, erguendo os punhos minúsculos sobre o painel:

— AH, VOCÊ NÃO TÁ QUERENDO TRABALHAR? — rosnou ele.
— VOU TE MOSTRAR QUEM É QUE MANDA!

Quando estava prestes a bater com os punhos no painel, ele sentiu raízes envolverem seus pulsos. De onde estava, Groot o puxou pelos braços, e o colocou a uma distância segura do maquinário.

— Eu sou Groot — repreendeu Groot.

Rocky disparou para Drax:

— Ele está rangendo os dentes de novo! Você tá ouvindo essa porcaria? Tá rangendo como um louco!

— Olhem! — Drax deixou escapar, jogando a cabeça para trás com uma gargalhada. — Riam do pelo dele! Está ridículo! E fofinho!

Entre alguns risos dispersos e a gargalhada alta de Drax, Rocky olhou para seu próprio corpo. Na verdade, não era apenas nos seus braços, mas o pelo grosso e cinzento que cobria todo seu corpo estava arrepiado, fazendo-o parecer muito mais fofo do que o que era tolerável. Com os olhos ficando brancos, Rocky investiu contra Drax, mas Groot estava lá pra detê-lo. Ele puxou Rocky de volta, e Drax riu ainda mais.

— Vocês estão falando sério? — perguntou o Senhor das Estrelas. — Se vamos, temos que ir logo! Rocky, se não consegue descobrir o que fazer com a nave, não precisa ficar todo eriçado. Deixe-me dar uma olhada.

— Espere — disse Gamora, estreitando os olhos. Ela caminhou até o painel e passou a mão acima dele. Depois caminhou até Rocky e Groot, mostrando a eles os pelos arrepiados no braço dela. — Estática.

— Eu meio que achei que era óbvio! — rebateu Rocky.

— Você não sentiu a mesma coisa quando os thandrid se comunicaram telepaticamente? — perguntou ela, apontando para a nuca dele. — Bem aqui?

— Sim — respondeu Rocky. — E daí?

— *Então...* Eu apostaria que a nave está esperando pela comunicação dos thandrid — disse Gamora, gravemente. — Acho que não seremos capazes de pilotá-la. Não sozinhos, pelo menos.

Jesair fechou os olhos lentamente e disse:

— Você quer dizer...

— Sim — respondeu Gamora. — Vamos precisar de um refém.

— Espere... — disse Rocky, estreitando os olhos.

— Cara, sabemos que você vai socar a coisa se deixarmos você voltar lá — disse o Senhor das Estrelas. — Estou contigo na questão dos reféns, Gamora. Talvez pudéssemos...

— Não, é sério! Acho que tive uma ideia. Me escuta! — disse Rocky. Ele se afastou de Groot e caminhou até Jesair, olhando-a de cima a baixo. — Na noite passada Groot não parava de falar sobre o que *você* estava dizendo a ele. Sobre como a maioria das pessoas percebe as falas como se existissem em uma fileira.

— Como se existissem em uma *linha* — disse Jesair.

— Você consegue falar e entender as coisas fora dessa há, dessa linha, certo? Será que não conseguiria interpretar as falas dos thandrid? — perguntou Rocky. — Não conseguiria sentir o que a nave está tentando dizer?

Jesair franziu a testa.

— Nunca tentei me comunicar com uma nave antes. Não sabemos a função do material orgânico dentro desta nave, então não tenho certeza se saberia por onde começar; sinto que ela se alimenta de energia espiralina, mas além disso...

— Você disse que ela está viva, não disse? — perguntou Rocky.

— Sim, mas não *senciente*.

— Bem, estamos prestes a não estar vivos e nem sencientes quando aquelas baratas ambulantes voltarem e nos encontrarem fuçando na nave delas! — respondeu Rocky, ríspido. — Você não acha que poderia tentar?

Jesair fechou os olhos e então, lentamente, um largo sorriso se espalhou por seu rosto.

— Sim. Sim, eu posso.

Rocky estendeu os braços, guiando Jesair para os controles. Ela caminhou até o painel preto e ficou lá, levantando lentamente as mãos até que estivessem dentro do campo quente de estática. Moveu os dedos, como se traçasse formas invisíveis no ar.

— *Oh* — disse ela, seu sorriso aumentando. — Ohhh.

Assim que Rocky sentiu aquele zumbido familiar da estática rastejando em sua nuca, o painel se iluminou com uma lampejo de luz azul brilhante. O mapa bidimensional formou-se a partir da luz diante de Jesair, primeiro exibindo a mesma imagem das cidades em ruínas de Incarnadine e, em seguida, enquanto o sorriso dela se desfazia, a vista se transformou em uma imagem distante do sistema solar, incluindo uma faixa de pontos brilhantes que formava uma barreira aparentemente interminável: o campo de força dos drones.

— Eu sabia! — gritou Rocky. — Sou um maldito gênio!

— *Jesair* quem fez todo o trabalho — disse Drax, sorrindo orgulhoso.

— O que foi, tem uma queda por ela, garanhão? — perguntou Rocky, com uma risada. — A ideia foi minha, seu rangedor de dentes...

— Eu nunca tentaria cair em cima de Jesair! — rugiu Drax. — Cuidado com a língua, ou você a verá removida e pregada a esta parede viva desagradavelmente úmida! E que não é senciente!

— Vocês dois são ridículos — disse Gamora, colocando-se entre eles. — Rocky, sua ideia foi boa. Acalme-se. E Drax, sim, realmente foi Jesair quem fez o trabalho. Que tal pararmos de gritar alto o suficiente para que todos no planeta nos escutem, e deixar Jesair se concentrar?

Rocky assentiu com a cabeça, olhando para Drax.

— Sim. Tá bem. Mas é melhor o idiota aqui tomar cuidado. Ainda estou chateado com aquele comentário sobre fofura, então preciso avisar: eu sou uma bomba desagradável apenas esperando para explodir! Me dê um motivo, Drax. Só um motivo.

Drax encolheu os ombros.

— Mas você estava fofo, mesmo.

Rocky cerrou os dentes.

Diante do painel de controle, os lábios de Jesair se moveram de forma rápida e silenciosa, e o mapa começou a mudar. Ela se concentrou em Espiralite, aproximando-se cada vez mais até que a própria torre de energia surgisse. Sua chama azul se moveu para a tela, brilhando o suficiente para iluminar toda a nave.

— Pronto — disse ela com um sorriso e, de repente, a nave sacudiu.

— Rá! Aí vamos nós! — comemorou Rocky quando a nave começou a tremer. Ele estendeu uma pata para Drax, que olhou para ele com olhos estreitos. Depois, o Destruidor soltou uma risada profunda e gutural e bateu na pata de Rocky, que soltou um grito vitorioso e saltou para cima e para baixo, com toda a raiva aliviada. E daí que ele fosse fofo? A nave estava se movendo e ele estava empolgado.

Quando começaram sua jornada do devastado Incarnadine para a base thandrid em Espiralite, os outros começaram a discutir o plano de ataque. Drax, no entanto, fez um gesto para que Rocky se afastasse da multidão. Assim que os dois estavam do outro lado da nave, Drax se ajoelhou, gesticulando para que o amigo se aproximasse.

— *Queda* — disse Drax. — Isso significa um... sentimento de amor?

— Às vezes amor, às vezes um calorzinho nas calças — disse Rocky. — Espera aí, isso quer dizer... você está sentindo um calorzinho por Jesair? Eu só estava brincando com você! Não fazia ideia, seu monte de músculos!

— Não tem calorzinho nenhum — disse Drax. — Talvez uma agitação em meu coração.

— Uma "agitação no seu...". Quem é você, mesmo? — disse Rocky. — Ei! Sabe o que mais? Se ela vai fazer você continuar falando *assim*, continue, por favor. É hilário.

— Eu disse isso a você para me desculpar por meu comportamento — disse Drax. — Eu estava... defendendo a honra dela. Peço desculpas por ameaçar pregar sua língua nesta parede nojenta.

— Sabe? Já passou. Vamos derrubar aquela torre, consertar Bojai, pegar nosso dinheiro, não morrer, e aí você pode deixar sua rainha rebelde sem fôlego — disse Rocky. — O que significa, só pra me adiantar, deixá-la *impressionada*.

Os dois voltaram para o grupo e começaram a repassar os planos. Rocky sabia bem seu papel. Assim que desacelerassem o suficiente e estivessem dentro do alcance, ele sairia da nave com o vtcupisptpf 6000 e daria alguns bons disparos na torre. Se a muralha de drones caísse, eles saberiam, e sairiam de lá sem olhar para trás, evitando uma troca direta de tiros, se tudo desse certo. Se a muralha de drones não caísse, eles atingiriam a fortaleza de Z'Drut com uma explosão do vtcupisptpf 6000 e voltariam para Incarnadine para se reorganizar. O Senhor das Estrelas parecia duvidar do plano, assim como Groot e alguns dos rebeldes. Rocky, porém, não queria pensar em uma possível falha. Ele faria sua parte, não importando o que acontecesse. Tinha seus amigos e suas armas. De seu ponto de vista, ninguém no vasto e infinito universo poderia enfrentar aquilo.

— Uau! — disse o Senhor das Estrelas, se separando do grupo. Ele caminhou até Jesair, gesticulando para que o resto dos Guardiões e os rebeldes se reunissem. Jesair estava olhando para o mapa azul brilhante, perplexa. A projeção holográfica mostrava uma grande quantidade de formas estranhas reunidas do outro lado da muralha de drones.

— O que é isso? — perguntou Rocky — Parece que um monte de luas apareceu do nada.

— Não. Isto não é um mapa — disse Gamora. — É uma transmissão ao vivo.

— Pera aí... Aquilo são *naves*? — perguntou Rocky, apontando para as projeções. De fato, os objetos se moviam ao longo da parede, como se buscassem uma brecha em seu campo de força. — Parece que estão tentando entrar. Devemos avisá-los?

— Temos como? — perguntou um dos rebeldes incarnadinos.

— Não — disse Jesair, circulando as formas com a mão. O mapa se aproximou delas. — Se tem alguém capaz de entrar... é a Tropa Nova.

Realmente, com um movimento em arco da cabeça de Jesair, a projeção azul brilhante ampliou as formas até que ficassem mais nítidas. Havia cinco delas, cada uma com dez vezes o tamanho da *Milano*, reunidas em formação fora da muralha de drones. Naves flutuantes estavam salpicadas ao longo de toda a impenetrável parede de energia, possivelmente cheias de soldados analisando o campo de força, na esperança de atravessá-lo.

— Eles estão bem aqui — disse Rocky, maravilhado com as naves. — Tão perto. Bem no limite do sistema. Inacreditável.

— Se uma equipe como *aquela* não puder entrar... — disse o Senhor das Estrelas, em voz baixa.

— Agora certamente não é a hora de se desesperar — disse Gamora. — Já sabíamos que os drones não podiam ser impedidos do lado de fora. O plano não muda. Vamos atacar a torre.

— E se não der certo? — perguntou Rocky. — O que vamos fazer?

— Eu sou Groot — disse Groot, solenemente.

O Senhor das Estrelas olhou para Rocky e Jesair.

— O que ele disse?

Rocky soltou o vtcupisptpf 6000 de sua alça traseira, erguendo-o em suas mãos. Uma vez posicionado em seu ombro, ele beijou a pata e bateu na ponta do cano.

— Ele disse "Então nós lutamos" — disse Rocky. — E eu não sei vocês, palhaços... Mas de qualquer forma, estou ansioso para explodir algumas coisas.

Eles voaram até que o grupo de naves da Tropa Nova não estivesse mais à vista no mapa. Enquanto se preparavam para pousar em Espiralite, todas as brincadeiras ansiosas deram lugar a um silêncio pesado. As paisagens de Espiralite encheram completamente a tela quando eles entraram na atmosfera, iniciando a descida final em direção à torre de energia e ao exército thandrid que guardava a fortaleza do imperador Z'Drut. Rocky fechou os olhos, sentindo o peso da arma no ombro, e se preparou para pousar.

CAPÍTULO TREZE

PONTO BAIXO

Drax

O silêncio tenso deixava Drax inquieto enquanto eles desciam, aproximando-se de Espiralite, voando sobre as cidades e campos agrícolas amplamente despovoados. Os olhos de Drax não saíam da projeção holográfica, que lhes mostrava uma vista muito mais ampla do planeta do que quando foram inicialmente capturados e atracados à força pelos drones. Nas terras pelas quais eles passavam não havia muitos thandrid, nem muito de qualquer outra coisa. Drax notou alguns agrupamentos de seres que se pareciam com Z'Drut, pequenos e felinos, mas que fugiam para se proteger quando olhavam para cima e viam as naves thandrid passando. Quando o segundo grupo que avistaram se escondeu enquanto eles sobrevoavam, Drax levantou o rosto para encontrar o olhar de Gamora.

Ambos sabiam o que aquilo significava.

Eles seguiram através de Espiralite, sem interrupções enquanto se dirigiam para a capital. Drax percebeu, no entanto, que mesmo a tranquila e inabalável Jesair estava rígida diante da projeção brilhante da torre de energia de Z'Drut, e pilotava a nave com muita concentração. Ela parecia estar preparada para reagir no mesmo instante caso fossem alvejados pelas forças terrestres abaixo.

Isso, porém, não aconteceu. O voo progrediu suavemente até que eles começaram a fazer um arco para baixo, rumo à descida final. Dali em diante, o plano era simples: quando estivessem ao alcance de tiro, Jesair usaria os controles da nave thandrid para bombardear a torre com ataques enquanto eles circulavam para aterrissar, dispersando a guarda que cercava a instalação. Depois, ao pousar ao lado da torre, que esperavam estar desguarnecida, Rocky sairia da nave com o grande canhão e dispararia sua arma explosiva que, para Drax, permaneceria sem nome.

Eles saberiam imediatamente se o ataque seria bem-sucedido: com a Tropa Nova do lado de fora da muralha de drones, a destruição dessa muralha daria a eles acesso instantâneo à Espiralite. Tudo o que os Guardiões precisavam fazer era evitar um ataque aéreo das outras naves thandrid até que a cavalaria chegasse.

Quando a nave dos companheiros cruzou o território em que a prisão, a fortaleza de Z'Drut e a torre de energia estavam localizadas, um lampejo de luz azul brilhante explodiu na tela. Jesair cerrou os dentes e colocou as mãos à frente como se estivesse embalando uma esfera. Ela girou as mãos em um movimento circular e a nave se inclinou momentaneamente para o lado, fazendo uma curva em um arco intenso. Na tela, um projétil brilhante passou por eles e explodiu no céu.

— O que foi aquilo? — perguntou Rocky.

— Exatamente o que esperávamos evitar — disse o Senhor das Estrelas.

— Fomos descobertos. Os thandrid estão disparando por baixo — disse Drax, caminhando até Jesair, que se inclinou para mais perto do painel de controle. Ao redor dela, os Guardiões e os rebeldes preparavam suas armas, sabendo que aquilo estava prestes a passar de um ataque ofensivo para uma missão defensiva. — Rainha Rebelde, podemos atirar na torre daqui?

— Não — disse Jesair, com os olhos fechados e uma veia pulsando em sua têmpora enquanto ela se concentrava. A nave sacudiu para a frente enquanto acelerou, se aproximando da torre. — Precisamos chegar mais perto.

— Então chegaremos mais perto — disse Drax, erguendo o punho. — Eles querem nos derrubar desses céus, o que só serve para alimentar o fogo da minha ira. Vamos avançar e triunfar! A torre vai cair, os drones vão cair, e depois... Depois, OS CARAS DE MOLUSCO VÃO CAIR! Cada uma de suas bolsas de ar irá estourar enquanto nós, os Guardiões da Galáxia e os bravos incarnadinos rebeldes, reivindicaremos a vitória! Nós...

Quando Drax ouviu o som atrás dele, já era tarde demais para agir. Foi um som de rasgo úmido, como um adesivo poderoso sendo arrancado de algo carnudo. Confuso, Drax virou a cabeça para olhar por cima do ombro, mas os tentáculos negros foram mais rápidos. Eles se esticaram da parede orgânica e envolveram Jesair.

— Criatura imunda! — rosnou Drax, saltando para a rainha.

A parede ganhou vida ao redor deles, alcançando as armas dos Guardiões e, pior, arrastando sua pilota para longe do painel.

— Liberte a poderosa Rainha Rebelde! — urrou Drax. Ela estendeu a mão para ele, mas os tentáculos a puxaram para fora do alcance com um poderoso e brusco movimento. Drax se lançou para a frente em saltos, até que estava sobre a parede, rasgando a base dos tentáculos com seus dedos.

Enquanto ele lutava com os membros viscosos e escorregadios que tentavam puxar Jesair contra a parede, a nave fez uma curva imediata e brusca para baixo.

— Segurem-se em alguma coisa! — gritou o Senhor das Estrelas. — Menos nos tentáculos!

— Não há nada além dos tentáculos! — rebateu Rocky, logo antes de cair quando a nave virou de lado. Groot estendeu a mão para ele, mas também acabou virando e derrapando no chão, derrubando alguns rebeldes incarnadinos em pânico. A nave estava girando descontrolada e, para onde quer que olhasse, Drax via um de seus amigos deslizando pelo chão ou sendo sufocados pelas paredes vivas da embarcação, que claramente tinham reagido ao alarme em Espiralite.

— Liberte-nos, sua nave viva imunda! — gritou Drax. — Não teremos misericórdia de sua carne vil se você ferir um único incarnadino!

Drax cerrou os dentes quando a nave acelerou, girando sem controle. Seus amigos deslizavam pelo chão, enquanto os incarnadinos tentavam escalar o convés para chegar até o painel de controle. Ele não sabia se eles teriam a mesma habilidade de Jesair, mas *sabia* que se ninguém tomasse o controle logo, todos cairiam.

Cravando os dedos nas gavinhas ao redor de Jesair, Drax ignorou todo o resto. *Ela* era a única que poderia pilotar a nave e, por isso, a primeira que precisava ser salva. Ele rasgou os tentáculos que se fechavam sobre o rosto dela, tapando a boca e cobrindo os olhos da rainha. Eles resistiram, aderindo à carne dela teimosamente, até que Drax os retorceu e puxou com ainda mais força, arrancando-os com um som úmido terrível. Quando as gavinhas foram removidas de seus lábios, Jesair se engasgou com o ar, tossindo e cuspindo enquanto Drax arremessava a carne murcha e estranha para o lado.

— Minha mais profunda gratidão — disse ela, com o cabelo branco despenteado. Drax lutou contra o desejo de tocá-lo voltando-se para a parede, bem a tempo de mais tentáculos dispararem na direção dela. Drax os interceptou, agarrando a carne gelatinosa e grudenta em suas mãos. A nave mergulhou novamente e, juntos, foram arremessados para a frente. Eles se espalharam pelo chão, na direção do painel de controle. Drax esticou a mão enquanto caíam, agarrando o painel. Segurando com força, ele puxou Jesair na direção dele.

— Vá! Vou segurá-la firme para que não caia — disse Drax.
— Você pode corrigir o curso da nave, Rainha Rebelde, antes de nós...

As palavras de Drax foram interrompidas por um terrível acidente, quando a nave, ainda em alta velocidade, atingiu algo sólido. O ar frio explodiu ao redor deles, e a visão de Drax se tornou um borrão desordenado de gavinhas pretas como tinta, galhos de Groot, rebeldes e armas quando a embarcação girou sem controle. Um segundo e último estrondo fez com que a nave derrapasse em algo sólido, abrindo o fundo com uma série de sons ásperos de raspagem. Drax instintivamente estendeu a mão para buscar algo em que se agarrar, algo para se endireitar de forma que não perdesse o controle. Encontrou uma mão.

A nave parou depois de quatro pancadas violentas. Drax viu, diante dele, Jesair segurando sua mão, com os olhos brancos arregalados, enquanto estavam no teto do veículo virado. Ela não olhava para ele, no entanto. Estava olhando para o rasgo no casco da nave. O dano parecia ter matado o sistema orgânico de segurança, que se espalhava por todo o lado em poças fumegantes e liquefeitas de gosma negra e tóxica.

Mas a nave não foi a única vítima.

Um rebelde incarnadino, um jovem de rosto delicado com cabelos lilás e olhos que lembravam pedras-da-lua, foi fincado na lateral da nave por uma farpa de metal que se projetava de dentro, perfurando suas costas e saindo de seu peito. Jesair largou a mão de Drax e caminhou até o rebelde, que sangrava pela ferida e pela boca. Ele ainda estava respirando, seu corpo tremendo com cada suspiro fraco. Os Guardiões e os rebeldes restantes ficaram de pé, observando enquanto Jesair acariciava a cabeça do rebelde moribundo três vezes, até que ele deu um último suspiro em seus braços.

Drax sabia que eles não tinham tempo para aquilo, que haveria algo terrível esperando por eles do lado de fora... mas não disse nada. Não questionou Jesair. Lembrou-se das palavras dela sobre como nenhum incarnadino era visto como superior ou melhor do que qualquer outro. Perguntou-se se aquilo seria apenas em relação às classes sociais, ou se também se aplicaria ao amor. Perguntou-se o que o amor significaria se todos fossem vistos como igualmente importantes por todos, se aquilo diminuiria a ideia de amor ou se tornaria tudo muito mais profundo. E se, a cada rebelde perdido, Jesair perdia o marido novamente.

Sem dizer uma única palavra, Jesair voltou para o painel de controle. Com a nave virada, o painel estava sobre todos eles como um brilhante lustre digital. Ainda assim, embora o material orgânico da nave tivesse morrido, a energia respondeu à Rainha Rebelde instantaneamente, enchendo mais uma vez a sala de estática. O mapa se expandiu diante de seus olhos e eles viram onde estavam.

Rocky soltou uma série de xingamentos.

— É — disse o Senhor das Estrelas. — Preciso concordar com isso. Não estamos *nem perto* da torre. Nem para um tiro de sorte.

— No que batemos? — perguntou Gamora.

— Na prisão. Acredito que... — disse Jesair, e então fez uma pausa, estreitando os olhos. — Esse som...

Drax sacou as lâminas gêmeas de seu cinto, empunhando-as em suas mãos. Ouvia exatamente a mesma coisa que ela: um rugido estrondoso do lado de fora, crescendo e se expandindo como uma onda que se aproxima. Era uma multidão, disso ele podia ter certeza. E eles gritavam, mas não de dor.

— Um grito de guerra — disse Drax. — Inimigos se aproximam.

— Talvez — disse Gamora. — Mas os thandrid não fazem barulho.

— Espere um pouco — disse Rocky. — Eu sei o que é isso! Já ouvi esse belo som algumas vezes na minha vida, e devo dizer... não há nada igual.

— Do que você está falando? — perguntou o Senhor das Estrelas.

— Abra a porta — disse Rocky. — Dê uma olhada você mesmo.

— Acredito que Rocky fala a verdade — disse Jesair com um sorriso. — Que estranho... encontramos a graça em uma queda fatal.

Drax franziu a testa, completamente confuso.

— Graça?

Jesair acenou com a mão na direção do painel e a nave se abriu. Ao redor deles, puderam ver várias raças de alienígenas: espiralinos, badoons, aakon, epsiloni e incontáveis outros saindo da estrutura arruinada que tinha sido a prisão. Toda a ala oeste tinha sido derrubada, deixando uma brecha enorme que liberava uma horda de prisioneiros. Os thandrid estavam por toda parte, equipados com armas metálicas que disparavam raios azuis de energia espiralina nos prisioneiros, mas havia muitos destes. A guarda thandrid estava sendo dominada.

— Não sei se chamaria isso aí de *graça*, exatamente... — disse Rocky, saindo da nave thandrid com sua enorme arma equilibrada de forma precária sobre o ombro. — Para mim, parece mais com uma boa e velha rebelião, ótima para estourar bolsas de ar e matar fascistas.

CAPÍTULO CATORZE

Uma boa e velha rebelião, ótima para estourar bolsas de ar e matar fascistas
Senhor das Estrelas

— Rocky, espere — disse o Senhor das Estrelas, agarrando seu amigo pelo ombro antes que ele pudesse se meter no meio da rebelião que acontecia a menos de cem metros da nave. Drax estava de pé sobre o casco da nave segurando suas facas, pronto para afastar qualquer manifestante que os confundisse com agressores thandrid por causa do veículo. — Precisamos de você e dessa sua arma gigante inteiros quando chegarmos até a torre. Vamos esperar um pouco. Nosso grande plano foi por água abaixo, então precisamos de uma nova estratégia.

— Eu corro até lá e explodo a porcaria da torre — respondeu Rocky, se livrando das mãos de Quill. — Vocês me dão cobertura!

— É, certo. Mas não acho que é o suficiente. Não podemos arriscar tudo numa única opção agora — disse o Senhor das Estrelas, pegando-o pelo colarinho.

Ele olhou para os outros reunidos na nave, demorando-se nos sete rebeldes restantes. Depois de ver um deles morrer nos braços de Jesair, foi como se os estivesse vendo pela primeira vez.

Quando o Senhor das Estrelas e seus amigos chegaram a Incarnadine, parecia que tinham encontrado a última fortaleza de combatentes do sistema solar. Sobreviventes de batalha. A última chance de derrotar Z'Drut e os thandrid. E eles eram tudo aquilo, sim, mas naquele momento, de repente, o Senhor das Estrelas olhava para eles e realmente os *via*, e percebia outras coisas. Ele percebeu medo, excitação, esperança e até mesmo um pouco de sede de sangue. Percebeu que alguns deles eram muito jovens. Era fácil olhar para um grupo de soldados, especialmente quando pareciam diferentes dele, e vê-los como um grupo em vez de indivíduos. Mas o Senhor das Estrelas sabia que suas palavras seguintes poderiam determinar quais deles viveriam e quais deles... bem, a outra coisa. Aquilo pesava muito sobre ele, uma vez que tinha tido tempo para olhar no rosto de cada um.

Mas tinha que dizer, de qualquer maneira.

Ele respirou fundo e continuou:

— Acho que precisamos dispersar um pouco a luta. Não estou dizendo que quero que nenhum de nós saia por aí sozinho; o número de inimigos aqui é absurdamente grande. Não podemos pegá-los de frente. Mas estou achando que essa fuga da prisão fará com que uma graaande quantidade de thandrid venha para cá. Como eu disse, não podemos arriscar tudo numa única opção; temos um longo caminho até a torre e, mesmo que ataquemos, ainda estaremos em menor número. Por isso, se cairmos, significa que *todos* cairemos.

— Então precisamos atacar de vários ângulos — disse Drax.

— Exato. Literal e figurativamente. Estou tranquilo com o ataque de Rocky à torre como Plano A, mas precisamos pensar em um B e um C enquanto ele vai até lá — disse o Senhor das Estrelas. — Gamora, você foi até o escritório de Z'Drut, certo? Acha que consegue nos colocar lá dentro?

— Estava fortemente vigiado — disse Gamora. — Mas eu tenho um rancor igualmente forte contra esses bastardos.

— Imaginei — disse o Senhor das Estrelas. — Isso fica com você e comigo. Acho que poderíamos usar três membros da sua equipe, Jesair, a julgar pelo armamento pesado e pelas atitudes de botar medo no capeta que estou vendo.

Jesair acenou com a cabeça para os rebeldes.

— Coldios, Boret, Jujuine.

Três dos rebeldes se separaram do grupo e foram até o Senhor das Estrelas, que estendeu o punho para eles.

— Ah — disse a mais velha dos três, uma rebelde com um olho faltando e cicatrizes na bochecha, sorrindo e inclinando a cabeça. Era Jujuine. — Estou prestes a abraçar isso com meus próprios punhos.

Ela bateu no punho do Senhor das Estrelas com o dela, e depois Coldios e Boret fizeram o mesmo.

— Incrível — disse Quill. — Duvido que Z'Drut permitiria que os thandrid tivessem acesso completo e exclusivo à torre, de qualquer maneira. Enquanto vocês tentam explodir o lugar em pedacinhos, nós pressionaremos Z'Drut. Se ele tiver um sistema de segurança que possa derrubar aqueles drones, faremos ele usá-lo.

— Quem vai cuidar da minha retaguarda? — perguntou Rocky.

— É aí que o Groot entra — respondeu o Senhor das Estrelas.

— Eu sou Groot — disse Groot, erguendo Rocky em seu ombro.

— Isso mesmo, cara — disse o Senhor das Estrelas, piscando para ele e fazendo um sinal de joia. — Use aquele truque de crescer as pernas, leve suas cascas para a torre; e Rocky... faça-a brilhar.

— Ca-bum — disse Rocky, sorrindo maldosamente.

— Drax e Jesair, estava pensando que vocês e o restante dos rebeldes poderiam manter a rebelião enquanto cuidam de Rocky. Espalhem-se e certifiquem-se de que eles estão seguros — disse o Senhor das Estrelas.

— Esses são os Planos A e B — disse Gamora. — Qual é o Plano C?

O Senhor das Estrelas encolheu os ombros.

— Estava pensando em distribuir armas para todos os prisioneiros que não pareçam supermalignos. Você conhece o tipo, Drax.

— Sim — disse Drax. — Vou armar apenas os bondosos, os moralmente duvidosos e os moderadamente malignos.

— Diga a eles que há, tipo, um tesouro enterrado sob a torre ou algo do tipo — disse Quill. — Se tudo der errado, talvez eles... há... consigam derrubá-la sozinhos?

Drax estreitou os olhos e Gamora se encolheu quando alguns dos rebeldes se mexeram desconfortavelmente.

— O que foi? — perguntou o Senhor das Estrelas. — Não disse que era um bom plano. É um Plano C! Planos C são exageros, na melhor das hipóteses. Já ouvi Planos C piores.

— Posso dizer uma coisa? — Jesair deu um passo à frente. — Falei em Incarnadine que seria melhor vocês formularem um plano se as coisas dessem errado aqui, como de fato aconteceu... mas tenho uma sugestão.

— Vem com tudo — disse o Senhor das Estrelas.

Drax ergueu o punho, preparando-se para dar um soco em Quill, mas se conteve, estreitando os olhos. Ele então assentiu silenciosamente e abriu a mão.

— Você quer que ela vá para cima de você, não com os punhos, mas com informações. Continue a esbofetear a cara dele com as suas ideias, Jesair.

— Ainda consigo operar esta nave — disse Jesair. — A queda matou o sistema orgânico de segurança, mas posso sentir a atração telecinética funcionando a cem por cento. Depois que vocês saírem da nave, posso levantar voo e mantê-los seguros enquanto Rocky e Groot seguem na direção da torre. Talvez eu possa seguir com o plano e derrubá-la. Esse pode ser nosso Plano C.

— Então o tesouro enterrado é o Plano D — disse o Senhor das Estrelas.

— Então por que simplesmente não seguimos em frente e ficamos *todos* aqui? — perguntou Gamora. — Se a nave está funcionando, por que arriscar sair?

— A nave não está mais fisicamente estável, apesar de seu sistema ainda funcionar — disse Jesair. — Se eu pilotar sozinha, posso voar perto o bastante do solo para não me colocar em perigo, mas tentar voar com uma tripulação maior seria muito arriscado. Não acredito que o poder de fogo dela será o suficiente para derrubar toda a torre, mas se pudermos danificá-la o suficiente para fazer os drones falharem, talvez a Tropa Nova seja capaz de explorar isso. E se isso falhar... posso fazer a nave se chocar contra a torre. Nós colidimos com a prisão e vocês viram o que isso causou.

— Por mais nobre que seja, você não precisará fazer tamanho sacrifício — disse Drax. — Você é poderosa, e será bem-sucedida.

Jesair segurou a mão de Drax e lhe ofereceu um sorriso sutil.

— Aprecio sua confiança, Drax. Farei o que puder.

— Certo, mudando o tesouro enterrado para o Plano E, então — disse o Senhor das Estrelas, juntando as mãos. — Vamos em frente!

Groot

Peter Quill acenou solenemente com a cabeça para Groot, que sabia o que aquele gesto significava. Logo depois, ele disse "boa sorte" e "se apresse". Groot não tinha certeza de quanta sorte costumava ter, especialmente levando em conta os eventos do dia anterior, mas *se apressar*? Aquilo ele poderia fazer.

Com Rocky nos ombros, Groot saiu da nave thandrid e entrou no pátio em meio à rebelião na prisão. Bem diante deles, dois guardas thandrid estavam derrubando um alienígena corpulento, cujo rosto inteiro era apenas um olho. O alienígena resistiu, batendo o olho aberto contra os exoesqueletos das criaturas, mas tinha sido separado da área principal do tumulto e estava sendo dominado pelos dois insetoides.

A sombra de Groot se projetou sobre os thandrid enquanto eles forçavam o prisioneiro para o chão.

— EU SOU GROOT! — rugiu Groot, apunhalando os rostos das criaturas com os braços, até que seus galhos estouraram as bolsas de ar. Os thandrid caíram, escorregando dos braços de Groot com o som de um arranhão seco, e o ciclope olhou para eles com medo.

— Ei! Você é do mal? — perguntou Rocky.

— Eu não iria tão longe a ponto de dizer isso — respondeu o ciclope, sacudindo a poeira. Depois ele começou a pisotear os cadáveres dos thandrid até seus exoesqueletos racharem.

Rocky olhou para Groot, que encolheu os ombros.

— Pegue uma dessas — disse Rocky, sacudindo o quadril para a frente. Uma modesta pistola deslizou pelo chão até o ciclope, que a pegou com um brilho no olho.

— Obrigado, roedor! — respondeu ele, agarrando a arma, já correndo na direção de outro guarda enquanto Rocky praguejava atrás dele.

— Eu sou Groot! — disse Groot, começando a avançar na direção da torre de energia, passando pelo buraco na estrutura vazia que tinha sido a prisão de Espiralite. Prisioneiros lutavam com guardas por todos os lados, mas à distância, em torno da torre e da fortaleza de Z'Drut, um grande enxame de thandrid se aproximava. Groot sentiu as raízes em seu peito apertarem quando viu seus amigos oprimidos pelas criaturas em Bojai, mas daquela vez seria ainda mais assustador: os Guardiões da Galáxia não estavam unidos e os thandrid estavam armados.

— Vá, vá, vá, seu grandalhão — gritou Rocky, atrapalhando-se com as patas para colocar seu VTCUPISPTPF 6000 de volta ao lugar em suas costas. — Afe, eu deveria ter esperado para sacar essa coisa. A pose parecia tão maneira, mas precisamos de um pouco do calor da variedade mais imediata.

Com Rocky atrapalhado em suas costas, Groot deu passos largos pelo pátio da prisão e foi direto para a torre, que iluminava o céu com sua luz azul brilhante à distância. Com um único passo, se lançou sobre as chamas do pátio da prisão, onde os prisioneiros tentavam forçar os guardas a cair na fornalha ardente. Ele alongou as pernas, as raízes se estendendo a cada passo, aumentando em duas... quatro... seis vezes o tamanho da passada. A nave thandrid em que chegaram já estava longe e, enquanto Groot estendia os passos de forma cada vez mais longa para evitar que os thandrid fugissem da rebelião para atacá-lo, resistiu ao impulso de olhar para trás e ver como seus amigos estavam se saindo. Se continuasse correndo por aquele campo aberto, evitando as escaramuças entre guardas e prisioneiros e batendo nas hordas de thandrid que chegavam, conseguiria chegar lá.

Talvez.

— Só... um... — resmungou Rocky, atrapalhado com a arma enorme.

Naquele momento, um naco de carne parecida com madeira explodiu na coxa de Groot. Um enxame de oito thandrid, empunhando armas reluzentes, avançava sobre eles na ondulação de uma colina gramada, disparando uma torrente de rajadas de lasers azuis em sua direção. Groot sentiu o ataque queimar, mas fez sua carne crescer novamente quando outro disparo atingiu seu ombro.

— Para o inferno com essas porcariazinhas! — gritou Rocky, levantando o vtcupisptpf 6000 mais uma vez. — TODOS QUE NÃO SE PARECEM COM UM INSETO, COMECEM A CORRER!

— Eu sou Groot! — gritou Groot, quando mais dois tiros arrancaram farpas de suas laterais. — *Eu sou Groot!*

— Não! Pro inferno com isso! — disse Rocky. — Eu tenho munição o suficiente! Eles estão acabando com a gente! Não vai ficar assim!

Rocky girou a arma de volta, apesar dos protestos contínuos de Groot, e disparou um tiro perverso. Uma bola de fogo incandescente saiu do cano da arma, arremessando-se contra os thandrid que se aproximavam. Eles começaram a se espalhar, mas era tarde demais. A bola de fogo detonou ao atingir o solo, sacudindo tanto a área ao redor que Groot perdeu o equilíbrio.

Eles cambalearam adiante e caíram, no momento em que um segundo enxame ia em sua direção. Groot lutou para se levantar, com o cheiro azedo de exoesqueleto queimando enchendo suas narinas enquanto as chamas se espalhavam para os lados através da grama.

Os thandrid estavam sobre eles, ainda mais numerosos do que o primeiro grupo. Groot se levantou, usando uma das mãos para manter Rocky no lugar, mas uma das criaturas correu e saltou na direção deles, caindo direto sobre suas pernas. Groot caiu novamente e, daquela vez, Rocky caiu de seus ombros.

Tentando apoiar o vtcupisptpf 6000 no chão para mirar enquanto os thandrid avançavam para eles, Rocky soltou um grito de guerra furioso.

Groot tentou alcançá-lo, mas uma das criaturas chegou primeiro. Ela abriu o rosto com um chiado úmido e gutural, e então segurou a arma de Rocky.

— eu sou groot! — gritou Groot, ao ouvir o metal da arma gemer sob a pressão do thandrid.

— Você está doido? — gritou Rocky, puxando a arma enquanto o thandrid a mordia mais fundo. Ela começou a faiscar, deixando escapar um chiado estridente. — Precisamos do vtcupisptpf 6000!

Groot sentiu um thandrid agarrar suas costas e começar a atirar nele à queima-roupa, mas tinha preocupações mais imediatas. A arma de Rocky estava prestes a explodir, e o carinha era teimoso demais para perceber, enquanto lutava para soltá-la da boca do oponente.

— eu... — disse Groot, passando suas raízes ao redor do thandrid e do vtcupisptpf 6000, que estava liberando um calor tão terrível que escaldou sua carne.

— Groot, não! — gritou Rocky.

— ... sou... — berrou Groot, empurrando o thandrid, ainda com o vtcupisptpf 6000 na boca, para longe de Rocky.

— O que você está fazendo? — gritou Rocky. — Meu vtcup...

— groot! — rugiu Groot, arremessando o alienígena e a arma no meio da massa de thandrid que se aproximava. O canhão de Rocky atingiu o solo com uma explosão horrível que se estendeu por quinze metros no céu, e depois outra explosão menor que irradiou no solo, fazendo chover pedaços de exoesqueleto carbonizado pelo campo. Todo seu campo de visão se iluminou com um brilho cegante, e o calor foi imediato.

Rocky escalou a casca de Groot, acomodando-se em seu ombro.

— ... Ah.

Mesmo sem nenhuma arma grande o bastante para derrubar toda a torre, Groot correu novamente na direção de seu destino. Ele esperava que Jesair tivesse decolado e que ela visse a grande mancha de fogo. Groot esperava que ela entendesse o que tinha acontecido, e partisse diretamente para a torre.

Quando eles passaram por cima de uma garra de thandrid decepada, Rocky se agarrou com firmeza a Groot com uma das patas, passando a outra em suas armas.

— O que vamos fazer? — perguntou ele. — Não tenho mais nada tão desagradável. Não para explodir aquele prédio nojento, de qualquer maneira...

— Eu sou Groot — disse Groot, avançando.

— Sim — disse Rocky. — Bem, é *melhor* pensarmos em alguma coisa.

Gamora

Apesar de Rocky ter chamado aquilo de rebelião de modo tão confiante, do ponto de vista de Gamora era claramente uma guerra.

Com o Senhor das Estrelas e Coldios, Boret e Jujuine, os rebeldes incarnadinos, Gamora pressionava as forças thandrid que formavam um bloqueio entre seu ataque e a fortaleza de Z'Drut. Enquanto seus aliados derrubavam thandrid com tiros dados na hora certa, Gamora mais uma vez usava sua lâmina, fatiando os rostos dos inimigos com energia renovada. Ela não cairia novamente, como da última vez. O enxame de thandrid ao redor deles aumentava para todas as direções quanto mais se aproximavam da porta, mas ela se recusava a recuar. Sabia o que aqueles números significavam.

O imperador Z'Drut estava lá.

Ela enganchou o braço em torno do rosto de um thandrid quando este a atacou e, em seguida, lançou os pés no ar. Envolveu o rosto de outro deles com as pernas e, usando seu impulso, torceu as coxas, derrubando as duas criaturas no chão. Ao baterem com um estalo de partir os ossos, os rostos de seus inimigos se abriram com duas respirações ofegantes, expondo as bolsas de ar ao brilho de sua lâmina.

Gamora apressou-se, a poucos metros da porta, com o Senhor das Estrelas ao seu lado.

— Vamos conseguir! — comemorou ele. Gamora viu sangue escorrendo de um corte na cabeça do companheiro, e esperava que ele não estivesse delirando.

— Você está bem? — perguntou ela.

— Ah, sim — disse ele. — Esta é minha coisa favorita, quase morrer. Gostaria de fazer isso com mais frequência. Nunca me canso.

Os três rebeldes, se mantendo próximos do Senhor das Estrelas, derrubaram os thandrid na frente da instalação branca e imaculada. Enquanto a prisão era um edifício rudimentar de pedra e a torre parecia um membro ossudo de cento e cinquenta metros de altura alcançando o céu, as instalações de Z'Drut eram pequenas e rasteiras, assim como o próprio imperador. Gamora se perguntou se aquilo era proposital: que o governante enganador operava em um edifício que parecia pequeno para um observador comum, mas que descia para uma área mais escura e profunda assim que alguém entrasse.

Gamora se aproximou dos rebeldes e viu que Boret estava gravemente ferido, com uma poça de sangue se formando abaixo dele a cada passo. A um metro da instalação, ela agarrou o thandrid mais próximo de Boret e o acertou no peito com a bota. A criatura se chocou contra as portas brancas fechadas com um barulho agudo.

Gamora cerrou os dentes e fincou a lâmina no thandrid entre ela e a porta, deslizando o corte adiante, com os braços esticados. Os thandrid ao redor atiraram neles, mas os rebeldes incarnadinos formaram uma cobertura ao redor dela, desviando os ataques inimigos com seus próprios escudos portáteis. O fogo, porém, vinha de todos os lados, e sangue azul espirrou no ar.

Gamora deu um último e poderoso empurrão em sua lâmina contra o rosto do thandrid. A bolsa de ar da criatura estourou e ela o chutou de costas contra a porta. O Senhor das Estrelas, se pondo na frente dela, destruiu um pedaço da porta com seu blaster quádruplo. Ao passarem, o que restava da porta arruinada caiu no chão do lado de fora com estrépito, batendo na cabeça de um dos thandrid que avançava.

Jujuine e Coldios entraram na instalação com o Senhor das Estrelas e Gamora, que mais uma vez ficou ofuscada pelas paredes brancas e pela luz azul brilhante. Os thandrid sibilaram coletivamente do lado de fora, já avançando para segui-los adentro, apesar dos constantes disparos dos rebeldes.

Boret não estava em lugar algum.

Jujuine olhou para Gamora por cima do ombro enquanto se mantinha firme na soleira.

— Haverá mais deles aqui. Coldios e eu cuidaremos desta área o melhor que pudermos. Encontre o imperador Z'Drut.

Gamora e Quill se entreolharam, sabendo o que aquilo significava. Gamora também sabia que não tinha tempo para questioná-los. Dando um aceno de cabeça para Coldios e Jujuine, ela agarrou o braço do Senhor das Estrelas e o puxou na direção em que fora conduzida pelos thandrid anteriormente.

— Eles vão morrer — disse Quill, com a voz grave.

— Somos os únicos que sabemos para onde ir — disse Gamora.

— Eu sei disso — disse ele, em voz baixa. — É só que... — disse, deixando a voz morrer.

Gamora assentiu, olhando para ele de canto de olho. Sentiu uma onda de compaixão por ele.

— É. Eu sei.

Eles avançaram pelo corredor inclinado e monotonamente branco através do qual Gamora tinha sido conduzida no dia anterior. A cada passo que davam, ficava mais silencioso.

Gamora segurou sua lâmina com força enquanto faziam a curva em direção ao corredor que levava ao escritório de Z'Drut; de repente, ao entrarem naquela reta final, seu campo de visão ficou repleto de thandrid, todos eles já disparando ofuscantes raios de energia azul.

— Estavam esperando por nós! — disse o Senhor das Estrelas enquanto balançava o pulso e acionava um dispositivo de holoescudo, que os envolveu no último minuto. O dispositivo flutuou no ar, tremeluzindo ao bloquear os disparos, mas os thandrid continuavam atirando conforme se aproximavam.

Gamora olhou para as criaturas, tentando contá-las. Quinze, talvez vinte.

— No três, pegue o holoescudo no ar — disse ela. — Acerte-os com ele, e depois atiramos e cortamos até terminarmos. Você está comigo?

— Você sabe que sim.

— Não use esse tom de "nós vamos morrer" comigo, Peter — rebateu ela.

— Certo. Nós certamente vamos viver. Eu e você. Cem por cento de chance de sobrevivência contra probabilidades impossivelmente esmagadoras.

— Um — começou Gamora —, dois...

Drax

Salpicado de sangue tanto seu quanto dos outros, Drax olhou para o céu no meio do campo de batalha que tinha sido um pátio de prisão. Soltou uma risada alta quando a nave roubada pelos Guardiões subiu aos céus, voando sobre os prisioneiros rebelados abaixo. Continuou rindo enquanto golpeava a bolsa de ar de um guarda thandrid com ambas as lâminas ao mesmo tempo.

Outro guarda, avançando contra ele pela lateral, atirou no pescoço corpulento de Drax com um raio de energia espiralina que escoriou sua carne. Drax não parou de rir ao se virar contra seu agressor, esfregando as lâminas com o corte para fora. Ao redor dele, um número muito maior de prisioneiros do que Drax tinha imaginado no dia anterior lutava contra seus captores.

Ele acertou um chute direto no rosto do thandrid, fazendo-o cambalear de volta para a fornalha. Tinha visto outros enviando as criaturas para a morte no fogo e queria aproveitar a chance de fazer aquilo.

— Olhe para o céu e trema de medo, opressor com cara de molusco! — disse ele, dando uma cabeçada no thandrid em direção às chamas. O guarda resistiu, fazendo força contra Drax, mas o enorme guerreiro tinha rejuvenescido ao observar a nave, pilotada por Jesair, explodir de cima as multidões de criaturas enquanto seguia em direção à torre de energia. A nave avançava com dificuldade, oscilando e mergulhando no trajeto, mas parecia estar seguindo na direção de seu objetivo.

Com outra risada, Drax saltou no ar e deu um chute duplo no peito do thandrid, fazendo-o tropeçar no poço, diretamente para a chama aberta. Ao redor, os prisioneiros gritavam enquanto a criatura se debatia no fogo, que a devorou rapidamente com uma explosão de gás desagradável. Finalmente o thandrid parou de se mover, e seu rosto se abriu a tempo de sua bolsa de ar inchar e estourar, revelando uma chama crescente no fundo de seu crânio.

Drax ficou de pé e bateu no peito.

— Você tem sorte de queimar! Jesair, a Rainha Rebelde, fará chover o fogo do inferno sobre vocês! Nenhum cara de molusco estará a salvo de sua vingança!

— Você disse... Jesair?

Drax se virou para ver a origem da voz trêmula. Um homem incarnadino, com a pele marcada por feridas recentes e outras cicatrizadas, estava diante dele, enfraquecido pelo que pareciam ter sido muitas sessões brutais de tortura. Ao longe, a luta era travada entre os prisioneiros e os guardas, mas aquele prisioneiro incarnadino olhava para Drax com esperança nos olhos.

— Sim — disse Drax. — Sua rainha. Ela ficará satisfeita em saber que um membro de seu povo sobreviveu à prisão dos thandrid.

— Minha rainha... — disse o incarnadino, com um sorriso se abrindo em seu rosto. Ele olhou para Drax e inclinou a cabeça de lado. — Eu posso vê-la em você. A bondade dela o tocou. Fico feliz.

Drax estreitou os olhos, dando um passo na direção do prisioneiro.

— Quem é Jesair para você? — perguntou o guerreiro.

O incarnadino ergueu o rosto e o encarou com olhos brilhantes. Sua pele tinha perdido muito do brilho e ele estava pintado com sangue, tanto seco quanto fresco, mas apesar de seus ferimentos, permanecia forte.

— Ela é minha esposa.

Os olhos de Drax se arregalaram.

— Você é o rei.

— Eu era — disse o incarnadino. — E se Jesair vive como você diz... pela graça do destino, então sim... eu ainda sou.

Drax suspirou profundamente, olhando de volta para a nave de Jesair.

— Bem... droga.

CAPÍTULO QUINZE

AONDE FORAM TODOS OS ESPIRALINOS?
Senhor das Estrelas

— ABAIXE-SE! — disse o Senhor das Estrelas, jogando-se na frente de Gamora enquanto arremessava uma granada laser no meio da multidão de thandrid remanescentes.

Ele e Gamora atingiram o chão juntos quando o corredor se iluminou com a explosão. O Senhor das Estrelas cobriu a cabeça enquanto pedaços de exoesqueleto choviam sobre eles. Não querendo dar tempo para que qualquer um dos sobreviventes pudesse se recuperar, logo se colocou de pé num pulo.

Um único thandrid permanecia de pé, com a bolsa de ar meio murcha pendendo para fora de seu rosto arruinado. A criatura deu um passo trêmulo na direção do Senhor das Estrelas e, atrás dele, Gamora preparou sua espada. Mas não havia necessidade. Antes que pudesse dar mais um passo, o insetoide caiu de cara na pilha de pedaços de thandrid, com um último sopro de ar escapando de sua bolsa com uma baforada fraca.

— Aquilo foi um *pffft!* — disse Quill. — Definitivamente foi um *pffft*. Mal posso esperar para contar para Drax.

Gamora arrumou o cabelo dele.

— Você está chamuscado.

— É, estou surpreso por não ter perdido o rosto — disse ele. — Foi tipo... perto demais para lançar uma granada. Era meio que um último recurso.

— Não culpo você — disse Gamora. — Aquelas coisas são nojentas.

O Senhor das Estrelas olhou para a frente, para a porta dupla de Z'Drut. Havia símbolos que ele não reconhecia gravados na superfície dela.

— Eu vi isso antes — disse Gamora, passando os dedos ao longo do painel deslizante. — Tentei memorizar quais acenderam quando os thandrid abriram a porta, mas foi muito rápido. Acho que eles fizeram por telepatia.

— Droga — disse ele. — Você acha que conseguimos forçá-la?

Gamora enfiou sua espada na beirada da porta e puxou. Ela espremeu as pontas dos dedos, seus músculos ondulando enquanto tentava forçar a porta a se abrir. O Senhor das Estrelas juntou-se a ela no esforço, mas a porta não se moveu.

— Está presa — disse ela. — Precisamos pegar um thandrid. Se conseguirmos isolar um deles, talvez possamos forçá-lo a pensar em abrir a porta.

— Podemos fazer isso — disse o Senhor das Estrelas, pegando algo em seu cinto. Ele puxou outra granada, jogando-a no ar como uma bola de beisebol. — Ou...

Gamora

Uma explosão mais tarde, Gamora caminhava através das carcaças em ruínas que tinham sido as portas deslizantes de Z'Drut. Ela não iria admitir para Quill, mas tinha pensado muito nos símbolos, tentando recriar o padrão de luz que viu quando passou por elas com os thandrid pela primeira vez. Aquilo, porém, era algo que ela apreciava nos Guardiões da Galáxia: o Senhor das Estrelas, Groot, Rocky e Drax sempre estavam lá para resolver problemas das maneiras mais brilhantemente ridículas.

— Imagina se a explosão acabou de matá-lo. Ele parecia muito frágil. Tipo, ele estava lá, arrumando as coisas dele para fugir, e bum! Uma granada explode e abre a porta, ele tropeça, cai e bate a cabeça molenga. Bons sonhos, imperador — disse o Senhor das Estrelas enquanto seguia Gamora para dentro da sala.

— Vamos torcer para que não — disse ela. — Precisamos daquela bola de pelo.

Quill piscou várias vezes, o que serviu para confirmar outra teoria na qual Gamora vinha pensando. Ele protegeu os olhos, observando a sala ao redor.

— Deus do céu, é cafona aqui. O que é isso, algum tipo de tortura visual? Rapaz.

— Algo do tipo — disse Gamora. Quando ela soube, sem sombra de dúvidas, que Z'Drut tinha se alinhado com os thandrid na tentativa de dominar seu sistema solar inteiro, ela começou a repassar a reunião que tiveram, analisando cada interação na esperança de decifrar um significado maior. Mais do que qualquer outra coisa, ela se lembrou de como, depois de caminhar por um edifício totalmente branco e estéril, o impacto das cores vivas no escritório a pegou desprevenida. Aquilo a lembrou de algo que Thanos costumava fazer e, embora ele nunca mencionasse, ela havia percebido. Quando tinha uma reunião, seja com aliados ou inimigos, ele normalmente intensificava a iluminação da sala do trono de forma que se tornasse ofuscante. No começo da reunião, o outro lado seria pego de surpresa, e estaria suscetível a Thanos de um modo completamente diferente. Como adulta, Gamora sabia exatamente o que aquilo era: interrupção de sinal. Apresentar uma circunstância familiar para gerar expectativa e, em seguida, obter vantagem ao quebrar a expectativa. Era um truque enganador e mesquinho, pensou Gamora.

Mas eficaz.

O Senhor das Estrelas, com os olhos semicerrados, olhava ao redor da sala enquanto Gamora permanecia em silêncio, forçando seus olhos para que se acostumassem.

— Apareça, Z'Drut — disparou Gamora.

— Sim — disse o Senhor das Estrelas. — Apareça, seu pequeno...

O som crepitante de eletricidade interrompeu o Senhor das Estrelas, que caiu de joelhos. Raios azuis fluíam por seu corpo enquanto ele convulsionava, pego de surpresa pelo espeto cravado em suas costelas. Gamora ergueu a espada e procurou, para ver que uma longa vara se estendia da lateral de Quill até o chão... começando sob a estrutura da porta arruinada. Ela desceu a espada contra o espeto, que estourou com uma centelha de energia azul.

Ela chutou um pedaço da porta, revelando o imperador Z'Drut na outra extremidade da vara quebrada. Ele olhava para Gamora com fúria nos olhos.

— E aqui estamos nós — disse Gamora.

O peito de Z'Drut subia e descia enquanto ele se recompunha, encarando-a.

— Que *bom* ver você — sibilou ele.

— Eu... estou bem — disse o Senhor das Estrelas, levantando-se, mantendo a mão na lateral do corpo. Seu rosto estava vermelho e o queixo molhado de baba, mas ele caminhou, sacudindo os membros. — Ufa. Uau. Completamente bem.

Gamora avançou de súbito e agarrou Z'Drut pelo pescoço. Ela o levantou e arremessou para o outro lado da sala. Ele se chocou contra a mesa com um baque satisfatório, caindo aos pés do móvel.

— Tenha cuidado — disse o Senhor das Estrelas. — Lembre-se. Ele é o Plano B.

— Ele também é outra coisa — disse ela. Gamora se impôs sobre ele, apontando a lâmina para a garganta do imperador. — Fascista.

— Me chame do que quiser — disse o imperador Z'Drut. — Se a única sobrevivente de uma raça me condena por minhas ações, como posso me sentir insultado? Seus modos claramente não são os melhores. Onde está o seu povo, Gamora? Seu modo de fazer as coisas salvou algum deles?

— Cara — disse o Senhor das Estrelas. — Pode ser que você não queira insultar uma mulher durona que segura uma espada contra esse graveto que você chama de pescoço. Só dizendo. Aliás, *uau*.

— Seu *povo*? É isso o que está tentando proteger? Interessante — disse Gamora, pressionando a parte chata da lâmina contra a garganta dele. — Onde estão eles?

— Vivos, por *minha* causa — disse Z'Drut.

— Tirando os milhares de thandrid nesta cidade, o planeta está quase vazio — disse Gamora. — Os espiralinos sobreviventes fogem quando veem uma nave thandrid. Eles não compartilham seu carinho pelos insetoides. Diga a verdade. Quero ouvir você dizer.

— Uma filha de Thanos chamando a *mim* de fascista — disse Z'Drut, olhando para Gamora. — Acusando a *mim* de genocídio. Que... interessante. Se este for meu último pensamento antes de morrer, pelo menos me divertiu.

Gamora abaixou a lâmina.

— Você não vai morrer hoje. Não se colaborar conosco. Você precisa responder pelo que fez, mas pouparemos sua vida.

— Se? — perguntou Z'Drut.

— Se você desativar a muralha de drones — disse Gamora. — Agora. Sem falar mais nada.

Z'Drut ergueu as sobrancelhas, sorrindo calmamente.

— Isso não pode ser feito daqui. E, antes de continuar com quaisquer ameaças físicas que tenha a oferecer, não estou mentindo. Só existe um único local que pode desligar a fonte de energia que alimenta os drones, e não, ele *não* está nos meus aposentos pessoais.

O Senhor das Estrelas e Gamora se entreolharam.

— A torre — disse Quill. — Estávamos certos.

Z'Drut estreitou os olhos.

— Você presume demais.

— Chame isso de palpite — disse Gamora. — Sua prisão foi destruída. Sua instalação foi invadida. Aquela torre é a próxima.

Z'Drut abriu a boca para dizer algo, mas seus lábios apenas tremeram quando o som ficou entalado em sua garganta.

— Aí está — disse o Senhor das Estrelas. — Torre de energia confirmada. Obrigado, nanico.

Z'Drut ergueu as mãos, sua expressão murchando.

— Eu concordo. Leve-me para onde quiserem. Mas *não* pense... em hipótese alguma... que qualquer um de nós sobreviverá à destruição daquela torre. Ela levará a cidade inteira com ela. E mais.

— O que você quer dizer? — perguntou Gamora, estreitando os olhos.

— A quantidade de energia bruta armazenada dentro daquelas paredes é o bastante para alimentar uma galáxia — disse Z'Drut. Tentar detoná-la vai incinerar toda vida nas proximidades, senão todo o planeta.

— Você está mentindo — disse o Senhor das Estrelas.

Z'Drut olhou para ele sem expressão.

— Talvez.

Gamora segurou Z'Drut pela nuca com uma mão, segurando a espada na outra.

— Ande. Estamos indo para a torre. Se está com tanto medo de que ela exploda, vamos fazer do seu jeito. Vamos desligá-la. Juntos.

— Pode tentar me levar até o outro lado desta terra — disse Z'Drut. — Se chegarmos até o pátio da prisão, farei de vocês dois imperadores de Espiralite.

— Eu realmente gostaria que pudéssemos simplesmente nos livrar desse cara — disse o Senhor das Estrelas, baixinho.

Eles caminharam juntos para o salão, Gamora e o Senhor das Estrelas flanqueando o imperador capturado. Enquanto avançavam pelo caminho curvo e em aclive, suas botas esmagavam exoesqueletos thandrid. Era o único som. Antes de entrarem na câmara de Z'Drut, a instalação ecoava com os sons da batalha entre os rebeldes e os guardas na entrada. Mas naquele momento tudo estava em silêncio.

— Prepare-se — disse Gamora.

O Senhor das Estrelas sacou seu blaster quádruplo, girando os ombros.

— Pode apostar.

— Mesmo se a muralha de drones cair... — disse Z'Drut. — Os thandrid...

— Ah, cale a boca — respondeu o Senhor das Estrelas, ríspido.

— Não — disse Gamora, empurrando Z'Drut para a frente. — Deixe-o falar. Os thandrid o *quê*?

— Eles alcançaram seu objetivo. Bojai fervilha com sua prole. Incarnadine se tornou nada além de focos de resistência. Existem *bilhões* deles. Em breve, o império thandrid eclipsará o dos skrulls e dos kree.

— E como ficam os espiralinos? — perguntou Gamora.

— Fiz o que pude para ajudar... — disse Z'Drut. — Você precisa entender, era o único jeito. Sob o império thandrid, terei um novo planeta para começar Espiralite uma vez mais, com os sobreviventes da minha espécie...

— Quais, aqueles que não resistiram quando você vendeu seu planeta para insetos assassinos? — rebateu o Senhor das Estrelas.

— Houve vítimas, sim. Mas meu povo já tinha sido dizimado. Aqueles que resistiram se opuseram à *única* maneira de sobreviver. Lamento suas mortes, mas aceito essa perda se ela significar que evitaremos a extinção. Desta vez, com a proteção dos thandrid desde o início, podemos recomeçar. Nesta nova ordem, Espiralite será intocável e os thandrid prosperarão. Destruam meu planeta. Destruam a muralha. Vocês não podem parar o que já está feito.

O Senhor das Estrelas chutou Z'Drut na parte inferior das costas, fazendo-o cair para a frente.

— Você está esperando que eu diga que genocídio é legal, contanto que você tenha boas intenções? Preciso avisar que não vamos concordar nesse assunto, rapaz.

Eles dobraram a esquina e encontraram a entrada cheia de corpos de thandrid. Gamora vasculhou a área em busca de Coldios e Jujuine, ou de quaisquer vestígios deles, mas não conseguiu localizá-los. No entanto, não se atreveu a esperar que aquilo fosse um bom sinal. As pilhas de corpos thandrid eram altas, assim como as chances de tudo ter dado errado, eram muitos contra dois. Os incarnadinos eram poderosos e resistentes, mas os thandrid eram uma legião.

— Ah — disse Z'Drut quando eles cruzaram a soleira. — Admito, não acreditei que chegariam tão longe. Tinha certeza de que minha guarda teria se mantido firme em minha porta. Posso apenas parabenizar vocês.

— Cale a boca — disse Gamora.

— Só mais uma coisa — disse Z'Drut. Ele sustentou o olhar de Gamora por um minuto, uma sensação de paz caindo sobre ele enquanto seus lábios se curvavam em um sorriso malicioso. — *Implodir*.

No momento em que a palavra foi proferida, o prédio sacudiu violentamente, o chão tremendo sob os pés deles. Chamas azuis e brilhantes saíram das paredes atrás deles quando a fortaleza reagiu ao comando do imperador. O piso abaixo de Gamora se dividiu, e ela teve que se jogar para a frente para evitar cair na fenda que se formou subitamente. Energia azul explodia das paredes como uma série de detonadores atrás deles, cada explosão enviando um tremor horrível pelo campo de batalha.

Z'Drut aproveitou a oportunidade para se libertar das mãos de Gamora. O Senhor das Estrelas avançou na direção dele, mas a porta explodiu em pedaços, cortando seu rosto enquanto ele tentava agarrar o pequeno imperador. Sangrando, Quill deu um passo à frente, mas seu pé ficou preso em uma rachadura no chão. Gamora, com o coração batendo forte no peito, agarrou o Senhor das Estrelas pelo braço enquanto Z'Drut fugia. Ela puxou Quill para longe da porta, apoiando-o com os ombros enquanto avançavam para o campo do lado de fora.

Soldados thandrid já marchavam na direção deles enquanto Z'Drut corria para longe, na direção da torre de energia.

— Ele está indo para a torre — disse Gamora, enquanto o Senhor das Estrelas limpava o sangue do rosto. — Por que diabos ele iria em direção à torre?

O Senhor das Estrelas não teve tempo para responder à pergunta de Gamora. Enquanto a instalação continuava a implodir atrás deles, os soldados thandrid se aproximavam. Gamora os cortou, tentando recuperar sua concentração, mas sabia que estavam muito perto da instalação. Ela precisava fazer os thandrid recuarem e se afastar, mas Z'Drut também estava fugindo.

Ela investiu contra um thandrid, empurrando-o de volta para o campo. O chão tremeu.

— Peter! — gritou Gamora. — Vá atrás dele.

— De jeito nenhum — disse o Senhor das Estrelas, derrubando um thandrid com seu blaster quádruplo. — Não vamos nos separar. Não agora.

— Eu sei! — disse Gamora. — Não seja idiota, eu cuido disso. Vá atrás dele e certifique-se de que ele não desapareça. Quero me concentrar em continuar *viva* por um tempo, e depois alcanço vocês.

O chão tremeu com outra explosão.

— Lembra? — disse o Senhor das Estrelas, dando mais alguns tiros contra os thandrid. Ainda restavam cinco deles. — Você prometeu.

— Prometi — disse Gamora, rolando para longe de um ataque inimigo. Ali, com espaço, ela começou a correr para trás, conduzindo os thandrid para longe da fortaleza que explodia. — E lembre-se, não o mate!

O Senhor das Estrelas deu um último olhar preocupado a ela, depois correu atrás de Z'Drut. Gamora se levantou, segurando sua lâmina com força enquanto os cinco soldados restantes erguiam suas pistolas contra ela.

Ela sorriu.

— Vamos. Podem tentar. Ainda não matei baratas o suficiente hoje.

Rocky

— É! Tomem isso, seus esquisitões! — gritou Rocky de seu lugar nos ombros de Groot, disparando rajadas de laser nos rostos dos thandrid, observando-os convulsionar e estourar. Groot e ele ficaram presos no lugar a algumas dezenas de metros da torre de energia pelo que parecia uma eternidade, atirando e derrubando a inundação infinita de thandrid que avançava sobre eles. Os soldados pareciam concentrar todos os esforços para manter os dois longe da torre. Aquilo mostrava para Rocky que eles estavam no lugar certo, não importa quanto de seu pelo estivesse sendo queimado pelas rajadas de laser que vinham de todos os lados.

E era *muito* pelo.

Enquanto Rocky continuava revidando o fogo, Groot apontou para o céu. Rocky viu a nave de Jesair movendo-se lentamente na direção deles com o canto do olho, mas voltou a encarar os thandrid, disparando ainda mais neles.

— Que foi, Groot? — perguntou Rocky. — Estou com as mãos ocupadas aqui!

— Eu sou Groot! — disse Groot e, daquela vez, Rocky se virou para ver o que o amigo queria dizer. Ele estava certo. A nave roubada de Jesair estava vacilando enquanto os thandrid atiravam nela por baixo. Estava mergulhando cada vez mais, até ficar baixa o bastante para que algumas das criaturas pulassem e agarrassem o buraco na lateral do casco. Mas Rocky viu algo ainda mais perturbador na direção da fortaleza.

Groot deu um passo cambaleante na direção da nave, mas Rocky puxou suas folhas, fazendo-o parar.

— Groot, espere! — disse ele.

— Eu sou Groot!

— Eu sei que Jesair está lá! — disse Rocky, apontando para além da nave. — Mas *olhe*!

O imperador Z'Drut corria a toda velocidade na direção da torre, sendo perseguido pelo Senhor das Estrelas, que estava alguns metros atrás, sozinho. A mente de Rocky começou a divagar imediatamente. Ele imaginou Gamora caída em algum lugar do campo de batalha, sangrando. Ele cerrou os dentes e, dobrando os joelhos, lançou-se do ombro de Groot.

— Eu cuido de Jesair — disse Rocky enquanto aterrissava, lançando um disparo mortal em um thandrid que corria na direção do Senhor das Estrelas. — Ajude Quill! Ele não está voando, acho que precisa de uma carona!

— Eu sou Groot! — berrou Groot em afirmação, enquanto os thandrid voltavam a atenção para o Senhor das Estrelas.

O imperador Z'Drut, mais rápido a cada passo, correu diretamente para uma entrada a algumas centenas de metros de onde Rocky e Groot estavam tentando entrar. Os guardas thandrid se separaram e as portas deslizantes se abriram com um impulso de energia azul, se fechando imediatamente atrás dele. Os thandrid então cerraram as fileiras, bloqueando a passagem do Senhor das Estrelas, que se aproximava sem parar de correr.

Rocky se esforçou para se concentrar e deixar que Groot fizesse seu trabalho. Ele se afastou da cena infernal e avançou na direção da nave que estava sendo invadida por thandrid que cortavam e sibilavam.

Groot

Pisoteando o máximo de thandrid que conseguia enquanto caminhava com suas pernas alongadas na direção do Senhor das Estrelas, Groot lutava contra a dor dos raios laser que explodiam sua pele em pedaços. Ele se inclinou na direção de Quill e uniu as raízes de seus braços, formando uma cesta de galhos para que o amigo pisasse.

— Uau! — disse o Senhor das Estrelas. — Valeu, cara! Meus foguetes estão totalmente quebrados. Foram atingidos por um inferno de tiros dos thandrid lá atrás.

Groot, chutando as criaturas que escalavam seu corpo depois que elas descobriram o que ele estava fazendo, forçou o caminho até a torre. Segurava o Senhor das Estrelas a apenas um metro de seu corpo. O amigo estendeu o blaster quádruplo e disparou repetidas vezes contra a torre, até que um buraco surgiu no revestimento da estrutura. Groot segurou o Senhor das Estrelas com uma das mãos, sentindo suas pernas começarem a ceder quando os thandrid abaixo dele atacaram. Ele segurou no buraco para se firmar.

— Eu sou Groot! — berrou Groot, enquanto cravava suas raízes na torre, arrancando o revestimento. Sua perna quebrou com os ataques inimigos, mas ele forçou a outra mão para cima, levando o Senhor das Estrelas na direção do buraco.

— Você é o cara, Groot — disse Quill, subindo na torre. — Continue chutando bundas aqui, cara. Eu vou acabar com isso.

— Eu sou Groot! — disse para o Senhor das Estrelas antes de se virar para enfrentar a horda thandrid. Ele caiu de joelhos, fazendo sua perna crescer de novo quando rajadas de laser iam em sua direção. Os thandrid começaram a entrar na torre, mas Groot sabia que tinha dado alguma vantagem para Quill trabalhar.

Groot viu Rocky correndo na direção do lugar onde a nave de Jesair tinha finalmente sido derrubada por uma horda de thandrid. Nem Drax nem Gamora estavam à vista. Os rebeldes incarnadinos haviam partido. Groot olhou para a torre na qual o Senhor das Estrelas tinha desaparecido e, enquanto thandrid escalavam seu corpo, forçando-o a cair no cão, ele não pôde ter certeza se algum dos muitos planos deles tinha funcionado, ou se algum tinha feito qualquer diferença. Mas quando sua visão se encheu de exoesqueletos reluzentes e lâminas úmidas e cortantes, Groot fechou os olhos, chicoteou com seus galhos e confiou.

Drax

— Ali! — gritou Drax, apontando para a nave caída. Ele tinha visto ela cair momentos antes, enquanto reunia um grupo de prisioneiros para invadir a torre de energia. O pânico explodiu em seu peito quando viu os thandrid subjugarem a nave, e correu na direção dela desde então, com seu pequeno grupo de seguidores o acompanhando.

    Ele, o rei incarnadino, os rebeldes e um grupo de prisioneiros investiram contra o grupo de thandrid que lutava contra Rocky no casco da nave. O ar se encheu com os ruídos das bolsas de ar estourando quando os dois grupos se enfrentavam. Rocky subiu nos ombros de um prisioneiro confuso e começou a atirar nas criaturas, permitindo que Drax abrisse caminho no meio da multidão, empurrando os thandrid de lado, sem reagir aos raios laser que atingiam sua pele.

    Drax abriu caminho para o interior da nave, saltando sobre o único thandrid sobrevivente do lado de dentro. Usando seu peso, ele o empurrou para baixo. O rosto da criatura bateu contra o painel de controle, que explodiu em uma onda de energia azul. O thandrid manteve o rosto fechado até que Drax o batesse repetidas vezes contra os restos quentes e irregulares do painel. Por fim, ele se abriu com um assovio seco, e Drax o empurrou contra os controles quebrados mais uma vez, fazendo um último estouro ecoar pela nave.

    Drax olhou ao redor, sentindo o pânico crescer em seu peito. Não a via em lugar nenhum.

    Mas então, a ouviu.

    — Irn...

    Virando-se, viu Jesair sair de baixo da pilha de cadáveres de thandrid. Irn, seu marido, atravessou a fenda no casco da nave, com o corpo tremendo ao se aproximar dela. Ele a abraçou e, por um momento, enquanto se abraçavam, chorou abertamente. Drax sentiu o instinto de desviar o olhar, mas resistiu, observando-os se abraçarem. Quando Jesair abriu os olhos e

Drax viu a felicidade perplexa e impossível no rosto dela naquele momento, sentiu uma súbita leveza de ser. Um sorriso se abriu em seus lábios e, por um momento, ele se permitiu a fantasia de ver sua própria esposa e filha, de alguma forma vivas depois de ter passado anos pensando que estavam mortas. Imaginou a sensação, o alívio insondável, a graça irreconhecível e, ao ver Jesair dominada pelo poder daquela emoção que ele nunca poderia sentir, Drax teve uma sensação de paz mais profunda do que ele imaginava ser possível.

Ele esperou pacientemente enquanto Jesair e Irn se levantavam. Os sons da batalha do lado de fora tinham se acalmado, com exceção da risada maníaca de Rocky, que informava a Drax que eles não corriam mais perigo imediato. Afinal de contras, os thandrid estavam rumando em bandos na direção da torre. Era lá que estava o verdadeiro perigo.

Jesair olhou de Irn para Drax.

— Como?

— Eles me mantiveram vivo… à beira da morte… — disse Irn, acariciando os cabelos dela. — Tentavam invadir minha mente todos os dias. Para me obrigar a revelar algo sobre o nosso mundo… Não sei se foram capazes de descobrir algo em meus pensamentos, mas resisti. Resisti com tudo o que tinha. Mas com tantos prisioneiros, e tantos, tantos corpos… eu tinha certeza de que você estava morta, Jesair.

— Eu tinha certeza de que *você* estava morto — disse Jesair, sufocando um soluço. Ela se virou para Drax, com os olhos brilhando intensamente. — Meu Drax. Obrigada. Minha gratidão por seus atos está além das palavras. Trouxemos a guerra para esta cidade e muitos estão mortos. Você manteve o rei seguro. Minha alma se eleva ao pensar em sua bravura.

Drax assentiu.

— Entendo... Assim como a minha.

— Não quero interromper o momento sentimental aí — gritou Rocky —, mas temos uma torre para derrubar.

Drax, Jesair e Irn saíram pela fenda da nave, juntando-se a Rocky, os rebeldes e os prisioneiros. Ao fundo, Groot estava perto da torre com pedaços grandes de seu corpo faltando; mas suas pernas se alongavam, servindo de sinal para que se juntassem a ele enquanto esmagava dois thandrid, um contra o outro, repetidas vezes. Ele urrava: "Eu sou Groot! Eu sou Groot!".

— O que ele está dizendo? — perguntou Drax.

— Bem, ele achava que estávamos todos mortos, então está muito feliz — disse Rocky. — Além disso, o Senhor das Estrelas conseguiu entrar na torre. Temos que subir lá, agora.

— O Senhor das Estrelas está lá sozinho? — perguntou Drax. — E Gamora?

Rocky olhou para baixo, cerrando os dentes.

— Eu não a vi.

— E Coldios? Jujuine? Boret? — perguntou Jesair.

O silêncio tomou conta, respondendo à pergunta. Ela fechou os olhos, segurando a mão de Irn.

Drax balançou a cabeça.

— Não. Não aceito uma coisa dessas. Este é um campo extenso, com muitos guerreiros, mas nenhum deles é tão astuto, rápido ou poderoso quanto Gamora! Exceto eu, talvez. Mas Gamora está viva... e se ela está, tenho esperança para os outros.

— Eu mesma nunca fui muito esperançosa.

Com os outros, Drax olhou na direção da voz conhecida. Gamora estava lá, com Coldios e Jujuine atrás dela. Eles estavam mal, os dois exibindo cortes profundos e queimaduras de laser, mas Jujuine estava pior. O único olho funcional dela tinha se transformado em uma massa ensanguentada. Coldios a segurava enquanto ele mesmo sangrava em um corte profundo na clavícula.

— Gamora! — disse Rocky, correndo na direção da amiga e abraçando as pernas dela.

— Sinto muito — disse Gamora, olhando para Jesair. — Boret não sobreviveu.

Jesair e Irn suspiraram com a informação, aceitando-a com grande pesar. Drax estava pasmo com Jesair, e agora também com Irn. Ele achava fácil combinar o amor de Jesair por todos e a bondade sem limites com sua beleza, mas agora percebia o mesmo na figura manca e ferida de Irn. Apesar das probabilidades, ele se viu sorrindo mais uma vez.

— Z'Drut deu com a língua nos dentes — disse Gamora. — Estávamos certos. Se desativarmos a torre, derrubamos os drones.

— É isso aí! — disse Rocky. — Ca-bum!

— Não — disse Gamora. — Z'Drut… e não sei se estava mentindo, mas não podemos arriscar… disse que se a explodíssemos, a quantidade de energia liberada destruiria a todos nós. Temos que abrir caminho até lá e desativar a energia de alguma forma.

— Então é exatamente isso o que faremos — disse Drax. — Vamos marchar sobre os caras de molusco uma última vez. Por aqueles que tombaram… e por aqueles que viverão este dia. Vamos lutar!

Enquanto Drax liderava a marcha, correndo em direção a Groot e à torre, ele ouviu Rocky sussurrar:

— Drax acabou de fazer um discurso meio motivacional? Eu morri? É uma vida após a morte onde nada faz sentido?

Drax sorriu, empunhando suas lâminas. Ele não tinha certeza se Rocky falava literalmente, mas concordava com parte daquilo. Muito pouco fazia sentido na vida, mas, surpreendentemente, ele estava começando a perceber que havia, se não ordem, alguma poesia em tudo aquilo.

Com esse pensamento em mente, liderou seus amigos e aliados em direção à torre, para o confronto derradeiro com os thandrid.

CAPÍTULO DEZESSEIS

Quase acreditando
Senhor das Estrelas

O Senhor das Estrelas estava caminhando pelo labirinto escuro e metálico de escadas e pontes que formavam a torre de energia por tempo o bastante para sentir que poderia estar procurando na área errada. Seu pensamento inicial era que qualquer fonte que estivesse emanando a energia ligada aos drones estaria no alto da torre, mas não havia nenhum thandrid guardando aquela área, o que era meio suspeito.

"Se eu fosse um déspota maligno alienígena", pensou o Senhor das Estrelas, "eu teria, tipo, uma centena de guardas ao redor daquele lugar."

Assim que ia se virar para voltar, Quill parou. Ele franziu a testa, incapaz de afastar o pensamento que tinha acabado de lhe ocorrer.

O imperador Z'Drut não era nada parecido com ele. Nada parecido com os déspotas alienígenas padrão que o Senhor das Estrelas já tinha encontrado no passado.

Z'Drut teve todas as chances de matar ou aprisionar os Guardiões quando eles chegaram a seu planeta. Em vez de fazer isso, preferiu descobrir qual era o negócio deles em Bojai e, aparentemente concluindo que não representavam uma ameaça, permitiu que saíssem. Em vez de chamar a atenção da Tropa Nova tentando matar uma equipe tão conhecida quanto os Guardiões, ele tinha deixado a situação se resolver sozinha. Talvez tivesse esperado que eles parassem em Bojai, coletassem o pagamento e fossem embora sem nem notar o problema no planeta. Se Kairmi Har não tivesse sido infectade, aquilo era exatamente o que teria acontecido. Ou talvez o imperador esperava que os cinco morressem em Bojai, pelo menos teria sido melhor do que se aquilo acontecesse em seu planeta.

Quaisquer que fossem as intenções de Z'Drut, o Senhor das Estrelas não se importava. Sua intenção original poderia não ser matar os Guardiões da Galáxia, mas já tinha devastado três planetas na tentativa de garantir sua própria sobrevivência. Ele não pensava como pessoas normais. Mesmo no movimento mais simples, como o posicionamento de guardas, era como se estivesse jogando xadrez. Não damas.

Mesmo sabendo que poderia estar pensando demais em um assunto simples, o Senhor das Estrelas suspirou e voltou atrás. Correu até o próximo lance de escadas, ganhando velocidade.

— Ah, se eu estiver certo sobre isso, sou muito esperto — disse Quill. Ele correu pelo corredor, olhando ao redor da curva. Olhando para cima, viu que o próximo lance de escadas levava para uma ponte curta conectada a um conjunto de duas portas. No fim da ponte, ele viu um thandrid inclinado sobre o que parecia ser um jukebox com uma tela de projeção holográfica bidimensional, semelhante à da nave que tinham roubado mais cedo. Não havia mais nada acima da ponte, exceto a abertura do topo da torre, que ficava acima do jukebox. A própria caixa estava disparando um feixe grosso e concentrado de energia azul, tão densa que nem brilhava.

— Eu *sou* muito esperto — disse o Senhor das Estrelas para si mesmo enquanto subia lentamente as escadas, com o blaster quádruplo pronto. Tomando cuidado a cada passo que dava para não alertar o único thandrid de sua presença, ele se aproximou. Ficou subitamente feliz por não terem bombardeado a torre. A julgar pela aparência da energia emitida pelo jukebox, a força de sua interrupção repentina poderia destruir o planeta. Ele precisava desligá-lo, de alguma forma.

Quando chegou à ponte, parou diante das duas portas o mais silenciosamente que pôde. Sabia muito bem que atrás de tais portas poderia haver uma sala cheia de mais thandrid, mas naquele momento, a criatura que operava a máquina ainda estava de costas para ele... uma oportunidade que o Senhor das Estrelas usaria a seu favor.

Ele apontou seu blaster para os quadris do thandrid, esperando que o tiro girasse a criatura de forma que ele pudesse mirar melhor na bolsa de ar dela. Quill deu o primeiro passo para fora da escada de metal na direção da ponte...

Que rangeu.

O thandrid girou, sibilando com a surpresa e inflando sua bolsa de ar.

— Ah, obrigado! — disse o Senhor das Estrelas, levando o blaster para a altura do rosto. Ele deu um único disparo; normalmente seriam dois, mas a quantidade de energia que saía dos controles era preocupante. O thandrid fechou o rosto a tempo de proteger a bolsa de ar, o que o Senhor das Estrelas não esperava. A explosão atingiu a cabeça da criatura, queimando o exoesqueleto, mas sem matá-la. O thandrid correu na direção de seu agressor que, pela primeira vez em muito tempo, desejou ter as habilidades de Gamora com uma faca de arremesso. Ele apostava que ela seria capaz de jogar uma faca direto naquela fenda enquanto a coisa se movia, estourando a bolsa de ar como um balão de festa.

Ele esperava que Gamora estivesse bem.

Não querendo dar outro tiro tão perto da energia, o Senhor das Estrelas se jogou no chão da ponte. A criatura, alarmada, tropeçou nele. Ela estendeu a mão para agarrar o rosto de Quill, sua pele dura e seca arranhando a cabeça do Senhor das

Estrelas. Lâminas saíram de seu antebraço enquanto ela se preparava para apunhalar, puxando a cabeça do intruso para trás, expondo seu pescoço.

O Senhor das Estrelas bloqueou o ataque inimigo com seu blaster, não disparando, mas prendendo a lâmina do braço da criatura com a empunhadura inferior de sua arma. Agora que o blaster estava apontado para baixo, na direção do thandrid e longe da fonte de energia, Quill deu quatro disparos simultâneos. O impacto dos quatro tiros arrancou um pedaço do rosto do thandrid. Encolhendo-se enquanto o thandrid se debatia, o Senhor das Estrelas mergulhou a mão no rosto da criatura e sentiu a textura úmida e emborrachada de sua bolsa de ar.

Pop.

Respirando pesadamente, Quill se levantou e sacudiu o muco asqueroso da mão.

— É — disse ele para si mesmo. — Tão nojento quanto imaginei.

Ele olhou por cima do ombro para as portas atrás dele. Nenhuma força thandrid ia em sua direção, e aquele *pop* tinha sido particularmente alto, com a acústica ecoante do pináculo da torre. Assim, teve certeza de que estava sozinho ali.

Quill caminhou até o jukebox, suas mãos prontas e posicionadas sobre ela quando o pavor se instalou. Era o mesmo tipo de tecnologia da tela de projeção da nave, que ninguém que ele conhecia além dos thandrid ou dos incarnadinos podia controlar. As chances de ele conseguir lutar para *sair* da torre, se juntar com um incarnadino, entrar de volta e subir mais uma vez até os controles sem ser morto eram ridículas. Ele começou a tocar a tela, semicerrando os olhos. Devia haver alguma maneira. Não tinha como Z'Drut confiar *apenas* nos thandrid para operar a energia que tinha feito de seu planeta um alvo, para começo de conversa. O Senhor das Estrelas tinha certeza de que havia uma forma de contornar aquilo. Tinha que haver.

Antes que pudesse pensar mais naquilo, porém, sentiu um repentino estalo quente na perna esquerda. Ela cedeu sob o peso de seu corpo e ele tropeçou, quase caindo de cara no feixe mortal de energia concentrada projetado pela jukebox. Ele agarrou a máquina, mas escorregou e caiu no chão.

Olhando para cima, viu o imperador Z'Drut de pé sobre o thandrid morto, empunhando uma pistola movida a energia espiralina brilhando intensamente. Uma das portas no final da ponte estava aberta atrás dele.

A pistola estava apontada diretamente para a cabeça do Senhor das Estrelas.

— Olá, Peter Quill — disse Z'Drut, calmamente. — Por favor, acredite em mim quando digo que respeito você por ter chegado tão longe. Esperava que continuassem com seus negócios e deixassem meu sistema solar depois de entregar a medicação ineficaz no ninho outrora conhecido como Bojai, mas, infelizmente, vocês tiveram que bisbilhotar. Por sorte, não causaram nenhum dano irreparável.

O Senhor das Estrelas olhou para Z'Drut, sentindo a dor subindo pela perna. Ele cerrou os dentes, e sua mente disparou.

— Acredite em mim quando digo que, por mais que possa me odiar, eu não tinha a intenção de matá-lo... mas agora fiquei sem outra opção. Tenho certeza de que se estivesse no meu lugar e visse um planeta com uma história como a do meu, você também olharia para o homem à sua frente e puxaria o gatilho — disse Z'Drut. — Como demonstração de respeito, pretendo que tenha uma morte rápida. Uma morte digna de um homem que, até agora, igualou cada movimento meu. Ou talvez um tolo que tenha dado sorte. De qualquer forma...

O Senhor das Estrelas começou a convulsionar aos pés de Z'Drut. Ele sacudia violentamente, deixando escapar sons tensos e guturais, seu corpo rígido e se contorcendo. A ponte sacudia enquanto ele continuava a convulsionar diante do imperador. Seus dentes batiam e saliva espumava em sua boca no processo, e seu corpo se chocava repetidamente contra o metal da ponte... até que parou, ficando inerte.

Perplexo, Z'Drut deu um passo à frente e olhou para o Senhor das Estrelas, estreitando os olhos. Ele soltou uma risada curta.

— Derrotado por um tiro na perna? Inacreditável.

O Senhor das Estrelas então ergueu a perna em um arco amplo, chutando a mão de Z'Drut. Sua bota acertou a pistola, soltando-a das garras do alienígena atordoado. O Senhor das Estrelas entrou em ação, avançando e passando o braço ao redor do pescoço do imperador, em uma chave. Z'Drut olhou para ele, sem compreender o que tinha acontecido, enquanto o sorridente Guardião da Galáxia apertava o pescoço do alienígena sem piedade. A pistola caiu ruidosamente pela longa câmara da torre, batendo em vários lances de escada antes de sumir de vista.

— Afe — disse o Senhor das Estrelas, usando as costas da mão para limpar a saliva do queixo. — Inacreditável foi você ter caído *nessa*. Tipo, fala sério. Se você atira num cara e ele começa a ter uma convulsão, não diga "Há, como isso foi acontecer?". Você atira nele de novo! Você estava falando sério, mano?

Z'Drut soltou um uivo estrangulado pelo braço do Senhor das Estrelas.

— O que é isso, meninão? — perguntou Quill, arrastando o imperador até os controles.

— Seu... palhaço! — Z'Drut se engasgou. — Seu palhaço! Não há honra em se debater aos pés do inimigo como um animal.

— Foi você quem disse que eu era todo respeitável e essas coisas — disse o Senhor das Estrelas. — Vamos lá, canta comigo, cara: r-e-s-p-e-i-t-o! Sabe o que isso significa para mim? Absolutamente nada, cara. Você é um fascista que vendeu seu próprio planeta e seus aliados para insetos esquisitos.

— Você não venceu — resmungou Z'Drut.

— Ainda não — respondeu o Senhor das Estrelas, agarrando a mão de Z'Drut. — Mas acho que estou prestes a fazer isso.

O imperador tentou se livrar das mãos do Guardião, mas este simplesmente apertou a chave de braço.

— Isso — disse o Senhor das Estrelas. — Exatamente como pensei. Você nunca deixaria aquelas coisas terem controle total sobre a energia, não é? O que acontece se você fizer um "toca aqui" no jukebox?

— Fizer o *que* no *quê*? — murmurou Z'Drut.

O Senhor das Estrelas sorriu.

— Você vai ver.

Ele forçou a mão de Z'Drut contra o painel. Eles ficaram ali por um momento, observando enquanto o feixe de energia continuava a fluir para o céu. O sorriso do Senhor das Estrelas vacilou quando a tela não respondeu.

Então, depois de segurar Z'Drut ali, o brilho da tela começou a oscilar. Ele soltou um "Uhul!" conforme ela piscava ficando preta e a projeção holográfica dos drones se apagavam uma de cada vez.

— É isso aí, malandro! — disse o Senhor das Estrelas. — Sabe o que isso significa? Estão chovendo drones! Aleluia, estão chovendo drones!

Z'Drut se contorceu nas mãos do Senhor das Estrelas, mas era tarde demais. Um a um, os drones escureceram até que o próprio holograma se apagou.

Acima dele, o feixe de energia espiralina também começou a se dissipar, tornando-se um fiapo de luz, de energia azul brilhante, até cessar completamente.

O Senhor das Estrelas olhou para Z'Drut.

— Qual é a nota para o quesito danos permanentes? Em uma escala de um a dez, qual é a nota? Seja honesto. Eu aguento.

Daquela vez, Z'Drut não respondeu. Ele ficou mole no braço do Guardião, derrotado.

— Vou considerar isso como um dez — disse o Senhor das Estrelas. — Vamos dar uma voltinha.

Quando chegou à base da torre, o Senhor das Estrelas deparou com tudo aquilo que esperava: uma briga generalizada.

Os thandrid estavam mantendo posição no térreo da torre, muitos deles em mau estado, mas ainda resistindo. Groot e alguns dos rebeldes incarnadinos tinham conseguido entrar, mas a maior parte da luta ocorria do lado de fora.

— Groot! — chamou o Senhor das Estrelas, descendo as escadas correndo e se metendo no meio da ação principal, atirando em um thandrid com seu blaster enquanto arrastava Z'Drut com o outro braço. — Me pega, amigo!

Groot tirou um thandrid do caminho e estendeu a mão para o companheiro. Assim como antes, o braço de Groot envolveu

Quill em um casulo de folhas e galhos, protegendo-o dos ataques inimigos enquanto se moviam para a saída.

— Os drones já eram! — disse o Senhor das Estrelas. — Vai! Vai! Vai!

Groot atropelou a entrada, levando um pedaço dela com ele enquanto carregava o Senhor das Estrelas para o campo de batalha. Z'Drut esticou o pescoço nos braços de seu captor para enxergar, e deu um risinho fraco.

— Você acabou comigo... apenas para encontrar sua própria ruína — disse o imperador. — Minha muralha vai se erguer novamente, mas você...

O Senhor das Estrelas olhou para a cena diante dele e não pôde deixar de temer que o perverso imperador estivesse certo. Gamora, Groot, Rocky, Drax, Jesair, os rebeldes e os prisioneiros estavam travando um combate violento contra os thandrid que protegiam a torre, que estava escura, e estavam em desvantagem numérica de cinco para um. Ao longe, de todos os lados, mais thandrid se aproximavam.

Ele ergueu seu blaster novamente e, saltando do braço de Groot com Z'Drut a reboque, deu tiro atrás de tiro nos thandrid. Depois, recuou até onde Gamora estava.

— Você conseguiu — disse ela, mas ele podia ver a preocupação assombrando seu olhar. Se Gamora estava preocupada, ele sabia que estava certo em também estar com medo.

— Você está viva — disse ele, tentando manter o tom leve. — Não vi você atrás de mim. Achei que...

— Fiquei presa — disse Gamora, cortando um thandrid próximo com sua espada. — Encontrei Coldios e Jujuine e os ajudei a escapar de uma situação desagradável.

— Eles estão vivos — disse ele, dando outro tiro.
— Fantástico.

— Por enquanto — sibilou Z'Drut.

O Senhor das Estrelas apertou o braço que envolvia o pescoço do imperador, cerrando os dentes enquanto os thandrid fechavam o cerco. Ele apoiou suas costas contra as de Gamora enquanto ela atacava com a espada e ele dava um tiro depois do outro.

— O que vamos fazer? — perguntou ele.

— O que você disse, Peter. Nós lutamos.

Ele assentiu. Conforme os thandrid se aproximavam e ele não conseguia mais ver seus outros amigos, o Senhor das Estrelas largou Z'Drut e sacou seu blaster laser, passando a atirar com as duas mãos. Z'Drut caiu no chão, olhando para ele com um brilho nos olhos enquanto os alienígenas inimigos se aproximavam.

— Peter — disse Gamora.

Quill prendeu a respiração quando a ouviu dizer seu nome. Na lista de coisas que um cara poderia querer ouvir, alguém tão incrível quanto Gamora dizendo seu nome daquela forma tinha uma classificação muito alta.

— *Olhe* — disse ela. — Para cima.

No entanto, ele não teve que olhar para cima. Seu campo visual foi tomado por um lampejo cegante de energia púrpura. Ele protegeu os olhos, confuso quando os thandrid diante deles ficaram paralisados.

— O quê? — gritou Z'Drut. — O que é isso?

Os thandrid, todos eles, começaram a flutuar no ar, imóveis como bonecos. O Senhor das Estrelas observou enquanto eles eram erguidos pelos raios violetas que se estendiam até as gigantescas naves da Tropa Nova reunidas no céu sobre o campo de batalha.

Seu rosto se iluminou com um sorriso brilhante, e ele se virou para Gamora, que olhava em um silêncio perplexo enquanto as criaturas eram levadas, inertes, para as naves da Tropa. O Senhor das Estrelas jogou os braços ao redor de Gamora, que o abraçou com força.

— Caramba — disse ele. — Nós simplesmente sobrevivemos a, tipo... morte certa. E eu sei que já experimentamos situações de morte certa antes, mas essa foi, tipo, uma morte super, supercerta.

— Ei — disse Gamora, dando tapinhas em suas costas. — Eu prometi, não foi?

— Sabe — disse Rocky, caminhando na direção de Gamora e do Senhor das Estrelas enquanto eles se separavam. Ele acenou com a cabeça para o céu. — Não posso dizer que alguma vez já fiquei tão feliz em ver a Tropa Nova antes, mas com isso aí eu não me incomodo muito, não.

Enquanto os thandrid desapareciam no interior das naves da Tropa Nova e algumas das naves menores começaram a pousar, emitindo estridentes sons de sirene, o Senhor das Estrelas olhou para o campo de batalha. Drax, sangrando de vários ferimentos, estava de lado, observando enquanto Jesair reunia os incarnadinos, rebeldes e prisioneiros. Drax olhou para o Senhor das Estrelas, encontrou seu olhar e acenou com a cabeça. Quill sorriu de volta para ele. Groot se aproximava pesadamente para se juntar a ele, Gamora e Rocky, sacudindo alguns exoesqueletos restantes de sua casca.

Enquanto os soldados da Tropa Nova saíam correndo de suas naves, certamente armados com tantas perguntas quanto armas, o Senhor das Estrelas sentiu uma onda repentina de alívio.

— Acabou mesmo, galera — disse ele, enquanto Drax se afastava da multidão para se juntar a eles.

— Acabou? — disse Rocky, incrédulo. — Você tá de brincadeira?

O Senhor das Estrelas levantou uma sobrancelha.

— Não?

— Só por cima da minha maldita cauda — rebateu Rocky. — Não vamos esquecer o motivo pelo qual viemos aqui, pra começo de conversa.

— Cara — disse o Senhor das Estrelas.

Gamora balançou a cabeça.

— Sério, Rocky?

— Dinheiro *vivo* — disse Rocky, esfregando as patas. — Não importa o que aconteça, não vou deixar esse sistema solar antes de recebermos!

O Senhor das Estrelas de um tapinha nas costas de Rocky.

— Sabe, adoro ver um verdadeiro crescimento pessoal em meus amigos. De verdade. Aquece o coração.

EPÍLOGO

Santuário

Quatro dias após a batalha em Espiralite, os Guardiões da Galáxia estavam curados e prontos para deixar aquele sistema solar e todos os problemas dele para trás. Tinham passado aqueles quatro dias se recuperando em Incarnadine, onde a Tropa Nova montou uma base temporária enquanto tentava resolver o problema remanescente da infestação de thandrid em Bojai e a quantidade ainda considerável daquelas criaturas em Espiralite. A rainha Jesair ofereceu total cooperação à Tropa Nova, para que juntos pudessem reunir os thandrid restantes e enviá-los para o planeta prisão a que tinham sido condenados por suas ações em violação a mais códigos de leis do que poderiam ser contados.

O Senhor das Estrelas estava feliz por ele e seus amigos finalmente estarem indo embora, por mais que admitisse que iria sentir falta daquela bebida, sustento. Uma bebida que curava suas incontáveis feridas e ao mesmo tempo lhe dava uma sensação de agitação e fazia as coisas brilharem estava numa posição alta em sua lista de preferências.

Quill notou que era Groot quem parecia triste por deixar o planeta. Desde o retorno, Groot tinha passado muito tempo conversando com a rainha Jesair, o rei Irn e muitos outros incarnadinos, desfrutando conversas profundas que com certeza não encontrava em outros lugares. Drax, no entanto, tinha se distanciado de todos, passando as horas do dia dando longas caminhadas pela cidade e olhando para os anéis de arco-íris brilhantes que se curvavam sobre o horizonte.

O Senhor das Estrelas sabia que Drax estava deixando algo especial para trás naquele planeta. Ele não parecia reagir àquilo como normalmente faria, batendo nas coisas. Drax estava quieto, mas não parecia chateado. Era quase como se estivesse se permitindo absorver tudo o que podia do planeta enquanto tinha chance, andando pelas cidades em ruínas — que, com o tempo, seriam reerguidas —, refletindo sobre tudo o que havia sido perdido. E, curiosamente, sobre tudo o que também tinha encontrado.

Gamora e Rocky, porém, estavam ficando impacientes, e tinham decidido juntos que partiriam naquele dia. Rocky não tinha ficado muito satisfeito quando a Tropa Nova disse a eles que não, é claro que não seriam pagos. Mas eles os reembolsaram pelas despesas incorridas no transporte do medicamento, o que foi mais do que o bastante para mantê-los em atividade. Rocky tinha começado a ameaçar o oficial que disse a eles que aquilo era tudo o que estava autorizado a oferecer, mas o Senhor das Estrelas o tirou de lá antes que pudesse dizer qualquer coisa que os fizesse serem presos.

Quem estava preso, no entanto, era Z'Drut. Ver os oficiais da Tropa Nova prendendo o pequeno tirano tinha sido gratificante, mas parte do Senhor das Estrelas desejava poder ficar por perto para testemunhar aquela porção particular de carma. Saber que o perverso imperador seria julgado e condenado severamente por sua parte no genocídio era uma coisa, mas *ver* aquilo acontecer era outra.

Porém, Quill sabia que sua vida seria melhor se nem ele nem nenhum de seus amigos visse o imperador Z'Drut novamente.

Enquanto o sol se punha em Incarnadine, naquela noite, os Guardiões da Galáxia se reuniram em torno da *Milano*, que os mecânicos rebeldes tinham graciosamente consertado e abastecido com sustento. Eles se despediram de Coldios, Jujuine, do rei Irn e dos outros rebeldes com quem tinham passado os últimos dias, com um grupo de prisioneiros que no momento residia no planeta, esperando o transporte da Tropa Nova para voltarem a suas casas.

Jesair separou-se do grupo de incarnadinos, juntando-se aos Guardiões da Galáxia perto da escotilha aberta da nave.

— Não tenho como agradecer o suficiente — disse ela, olhando para cada um deles. — Sem sua liderança, coragem e poder, meu lar, antes belo, teria se tornado um cemitério. Devo a vocês a minha vida, mas lhes dou meu coração.

— Acredite em mim — disse Gamora, segurando as mãos de Jesair entre as dela. — Estaríamos em condições igualmente ruins sem vocês. Você não nos deve nada.

Jesair se aproximou do Senhor das Estrelas, que sorriu para ela. Ela pegou as mãos dele em um aperto quente, segurando-as por um momento enquanto o olhava com ternura.

— Gamora é sábia, mas discordo. Incarnadine tem uma dívida com todos vocês... talvez ainda mais com você, Peter Quill. Aceite minha gratidão e beba bastante do nosso sustento. Eu sei que você gosta.

— Sim, sim — disse o Senhor das Estrelas. — Ah, e ei... Ouça, se receber alguma notícia sobre o que estão fazendo com Z'Drut, poderia nos contactar e informar? Eu realmente detesto aquele cara.

— Ele é, como você disse no jantar da noite passada, uma almofada de peido — disse Jesair, fazendo Rocky rir.

A rainha se curvou para Rocky, que sorriu para ela, erguendo os lábios para revelar um conjunto de pequenas presas.

— Meu amigo corajoso — disse ela, esfregando o ombro dele. — Sei que está decepcionado com os resultados de sua viagem a Bojai... Mas talvez eu tenha algo a oferecer que pode elevar seu ânimo.

Os olhos de Rocky se arregalaram.

— Dinheiro numa quantidade grande o bastante para me esmagar?

— Não exatamente — disse ela. — Um trabalho para os Guardiões da Galáxia. Há um planeta não muito longe daqui que está buscando contratar uma equipe de transporte. Eles são uma raça de imortais gelatinosos em um planeta modesto, mas pacífico, chamado Putriline...

— Eca — disse Rocky, com cara de nojo.

— Aaah não — disse o Senhor das Estrelas. — Não. Não, não.

— Eu sou Groot — disse Groot, balançando a cabeça.

— Ah! — disse Jesair, com os olhos brilhando de surpresa. — Entendo! Talvez vocês prefiram descansar. É algo que consigo entender bem.

— É isso — disse Gamora, rindo enquanto cutucava o Senhor das Estrelas nas costelas com o cotovelo. — É por *isso* mesmo.

Jesair foi até Groot, que a envolveu em um abraço frondoso. Quando se separaram, ele estendeu a mão, de onde brotaram flores brancas que combinavam com a cor dos olhos brilhantes da rainha.

— Eu sou Groot — disse ele, sorrindo calorosamente enquanto colocava as flores no cabelo dela.

— Obrigada, meu caro amigo — disse a rainha. — E, por favor, lembre-se... Você não é apenas como os outros o veem. Você é você, sempre.

Por fim, ela foi até Drax. Ele abriu a boca para falar, mas ela apenas o olhou nos olhos, em silêncio. Eles ficaram parados por um momento, até que Jesair deu um passo à frente e encostou o rosto no peito dele. Ele estendeu os braços, como se fosse abraçá-la, mas se mexeu sem saber onde colocá-los.

— Paz — disse ela, suavemente, separando-se de Drax. — Você a trouxe de volta para minha vida. Eu a desejo, em todas as formas que existem, para você. Compartilhamos um pedaço de nossas almas, Drax. Lembre-se disso.

Drax assentiu com a cabeça, seus olhos brilhando.

Aquilo fez o Senhor das Estrelas sorrir.

Jesair observou-os embarcarem na nave. Em pouco tempo, eles estavam em suas posições, levantando voo. Estavam reunidos na cabine de comando, daquela vez com o Senhor das Estrelas no assento do piloto e Rocky ao lado dele. Gamora estava trabalhando no mapa da tela de toque, escolhendo o próximo destino. Groot e Drax estavam à distância, quietos. Incarnadine sumiu do visor com Bojai e, depois de um tempo, Espiralite também. Eles voaram pela área que tinha sido ocupada pela muralha de drones e acionaram a velocidade da luz, avançando na escuridão do espaço.

— Para onde? — perguntou o Senhor das Estrelas, olhando para Gamora.

Ela sorriu para ele.

— Quer saber? Não faço ideia.

— Eu sou Groot — disse Groot, na parte de trás da cabine.

— Concordo com ele — disse Rocky. — *Qualquer* lugar menos Putriline.

— Drax? — chamou o Senhor das Estrelas, olhando para o amigo corpulento, que observava as profundezas estreladas diante deles através do vidro temperado no nariz da nave. — Alguma ideia?

— Sim — respondeu, com a voz mais baixa que o Senhor das Estrelas já tinha escutado ele falar. Drax suspirou e sorriu. — Gostaria de simplesmente voar um pouco.

— Dá pra fazer isso, com certeza — disse o Senhor das Estrelas, puxando o mecanismo à sua frente, e então se virou para encarar seus amigos quando a nave disparou para nenhum lugar em particular. Ele se levantou e se juntou a Drax, de onde encararam juntos a infinita colcha de estrelas e planetas diante deles.

— Minha esposa... — começou Drax, olhando para a vista. — Olhava para as estrelas, muito antes de eu mesmo partir para o espaço. Ela costumava dizer que saber quanta vida existia lá fora a fazia se sentir pequena. Em comparação com o universo maior, não fisicamente menor que sua estatura normal.

— Sim — disse o Senhor das Estrelas. — Entendi essa parte.

— Acredito que, com o tempo, ela poderia ter mudado de ideia — disse Drax.

— O que você quer dizer? — perguntou Quill.

— Não me sinto pequeno quando olho para esses mundos, não mais — disse Drax, olhando do Senhor das Estrelas para Groot, Rocky, Gamora e, em seguida, de volta para a vista deslumbrante. Ele balançou a cabeça. — Sinto como se, finalmente, não estivesse sozinho.

AGRADECIMENTOS

Imagine a cena. Estou em um jantar do Dia de Ação de Graças na casa do meu irmão. Minha mãe está perguntando se minha cunhada precisa de ajuda para servir, minha noiva, Amy, está contando uma história para meu pai, e Baker, o cachorro da família, está enfiando o rosto nas pernas de todos debaixo da mesa. Meu telefone vibra com um e-mail e eu casualmente olho para ele enquanto o peru é colocado no centro da mesa. Quando vejo o que está escrito no e-mail, no entanto... Fico atordoado. É um convite de Deanna McFadden para escrever um romance dos Guardiões da Galáxia.

Eu gostaria de imaginar que mantive a calma, mas tenho certeza de que se olharmos para trás, naquela sequência de e-mails, minha resposta foi algo bem mais próximo de "Caramba, sim!" do que de uma confirmação calma e moderada.

Os Guardiões da Galáxia conquistaram o mundo nos últimos anos e, se você viu o filme, sabe exatamente o porquê. Eles são personagens irreverentes, interessantes, emocionalmente profundos e complexos em um mundo igualmente profundo repleto de caprichos, maravilhas e alienígenas tão estranhos que olhar para eles pode fazer sua mente se partir. O que mais me interessa nos Guardiões não é a justaposição lógica de colocar esses personagens vulgares e hilários no cenário épico de uma ópera espacial. Quero dizer, claro que isso funciona bem o bastante, mas no momento em que olhamos esses heróis de perto, eles mesmos são bastante épicos. O que torna os Guardiões da Galáxia os heróis viajantes do espaço definitivos de nosso tempo é sua humanidade. A história deles é uma comédia, uma tragédia, uma peça de filosofia moral, uma piada de peido, um conto redentor de aprendizagem e amadurecimento e uma história de guerra, tudo numa coisa só... E, por mais que pareça engraçado, pela minha estimativa ela se aproxima mais da vida real do que a maior parte da ficção científica que já vi.

As pessoas são engraçadas, mesmo em meio à tragédia. As pessoas são inconsistentes, não dizem o que realmente sentem ou pensam, são reativas e bagunceiras. *Guardiões da Galáxia* trata sobre TODOS esses temas. Portanto, preciso dar os devidos créditos a James Gunn, Nicole Perlman e Kevin Feige por seu trabalho no filme, sem o qual este romance teria sido muito diferente. Além disso, uma grande saudação aos criadores dos Guardiões, Dan Abnett e Andy Lanning, sem os quais nem o livro nem o filme existiriam.

Eu me diverti muito brincando no setor cósmico do universo Marvel. Não posso agradecer a Marvel e a Joe Books o suficiente pela oportunidade de pegar esses personagens que amo e jogá-los em uma situação de risco de vida (nós, escritores, somos muito problemáticos, não?). Steve Osgoode, Deanna McFadden, Michael Melgaard, Emma Hambly, Rebecca Mills e toda a equipe da Joe Books são grande parte do motivo pelo qual este livro existe. Serei eternamente grato pela dedicação e grandiosidade de todos.

Espero que tenha gostado de *Rebelião Espacial* tanto quanto eu gostei de escrevê-lo. Porque, caramba, foi divertido. Se eu tivesse que resumir o livro em uma única frase, por mais cafona que seja, seria esta: "Se o medo leva você a construir muros, os Guardiões da Galáxia virão para estourar as bolsas de ar dos seus aliados com cara de molusco".

É assim que temas funcionam, certo?

Pat Shand
Abril de 2017

SOBRE O AUTOR

PAT SHAND escreve quadrinhos (*Destiny NY, Shut Eye, Vampire Emmy & the Garbage Girl*), romances (*Marvel Iron Man: Mutually Assured Destruction, Marvel Avengers: The Serpent Society, Charmed: Social Medium, Charmed: Symphony for the Devil*), entre outros. Ele vive em Nova Iorque com sua noiva Amy e seu zoológico de gatos. Siga-o em quase todos os lugares como @PatShand.